ちくま文庫

平成古書奇談

横田順彌
日下三蔵 編

筑摩書房

平成古書奇談

STRANGE STORY
OF SECONDHAND BOOK
IN HEISEI

平成古書奇談　目次

第一話

あやめ日記

午後三時だった。思ったより仕事が早く終わったので、ぼくは東急東横線の学芸大学駅に下りた。目指す先は、駅から三分ほどのところにある小さな古書店。野沢書店だ。いま五十五歳になる野沢勝利という人が若いころ脱サラで始めた店で、特別に伝統があるわけではない。

ぼくの名前は馬場浩一。仕事はフリーライター。年齢は二十五。作家を目指して、幾つかの懸賞小説に応募しているが、いつも第一次選考ぐらいは通過するのだが、それ以上、先に進んだことはない。力量がないのは自分でも判っているのだが、なかなかあきらめきれず、不規則で不安定な生活をしている。大から小までの会社の社内報記事や、お偉いさんの自伝のゴーストライターなどが主な仕事だ。時には大出版社の派遣記者のようなこともやる。

野沢書店との付き合いは、そう昔からではない。五、六年前、ふと立ち寄った時、以前から探していた戦前の人名事典を格安で見つけていらいだ。古い会社の社史とか、高齢者の伝記を書くには、どうしても古い本が必要になる。したがって古書店巡りも重要な仕事のひとつになっている。とくにお偉いさんの伝記などの場合は、聞き書きだけでは絶対に、いいものができない。人間の記憶ほど、あてにならないものはないからだ。

そんなわけで、ぼくは幾つかの古書店と親しくさせてもらっているが、中でも野沢書店は、とくに好きな店だった。実に温厚で博学なご主人との会話は、勉強になる。もっとも、それだけが野沢書店を好きな理由ではない。もうひとつ理由があるのだが、それは、じきに判ってもらえるはずだ。

「おや、久しぶりだね」

店に入っていくと、ぼくが挨拶する前に、野沢さんが笑顔でいった。

「このところ、ちょっと仕事が詰まっていまして」

ぼくが答える。

「それは結構なことだよ。この不況の時代に仕事が忙しい人の話は、めったに聞かないからね」

野沢さんが笑いながらいった。

「それに君は運がいい、今日は玲子（れいこ）が手伝いにきてくれている。いま買物にいっているがね」

「はあ、あ、そうですか……」
　ぼくは、しどろもどろで答えた。玲子というのは、野沢さんの次女で、この女性が
ぼくをこの店に立ち寄らせる、もうひとつの理由なのだ。玲子は文科系大学の二年生。
アパート暮らしをしているが、お金がなくなると、頼まれなくても店番にやってくる。
野沢さんも玲子には甘くて、とてもふつうのアルバイトでは得られないような報酬を
渡すから、玲子は自分の都合で店番にくるのだ。
「玲子がやってきて、黒字になった日があったかね。家庭教師かなにかのアルバイト
でもやればいいのにな。ま、じきに帰ってくるよ」
「あの、ぼくは玲子さんに会いたくて、きたわけでは……。久しぶりに、野沢さんに
お会いしたくて」
　ぼくがいった。
「判った、判った。まあ、そういうことにしておこう。帰ってきたら、お茶でも出さ
せるから待っててくれ。今日は探しものがあるのかい？」
「いえ、特には。本当に時間が空いたので……」
　ぼくがいった。
「そうか。まあ、ゆっくりしていくといいよ。今日はまた、お客さんの少ない日で、
君が四人目だ。いや君は客ではなく友人だから、たったの三人だな。一時間にひとり

にもならないよ。それで買ってくれたのもひとりだけ。なんとか、この不況が解消される時がこないかね。新刊本も売れないそうだが、古本はそれ以上だよ」

「本当にひどい不況ですからね。今日、ゴーストライターをやってきた会社の社長も、半分は不況の話ですよ。取材は今日で終わりと思っていましたが、もう一日、いかないとまとまりませんね」

「わたしも伝記でも出すか。出生、貧乏、現在に至る——って三行で終わりだな。……そうだ、忘れていた。君がきたら、ぜひ見せたい肉筆日記帳を入手したのだ。なんということのない、明治時代末年の、えーと明治四十五年だったかな、——女性の肉筆の日記だが、興味あるかい。肉筆日記収集家でもある同業者に譲ろうかと思ったのだが、君に見せてからにしようと、脇に寄せておいたんだ。ぜひ見せたいといって、興味あるかい、はないな。これなんだけどね」

野沢さんは帳場の隅に、数冊積み上げてある古書の中から一冊の本を取り出した。表紙はあやめ模様の布で素人表装されている。

「布で表装するなんて、凝っていますね」

ぼくがいった時、玲子が買物からもどってきた。

「あら、馬場さん。お久しぶり」

玲子はうれしそうに笑った。

「今日は、ごぶさたしてます」

「お父さん、お茶も出さないで」

「お前が帰ってくるのを待っていたんだよ。馬場君はわたしのお茶より、お前の入れたお茶のほうがうまいというからね」

野沢さんが、まじめな表情でいう。

「う、うそですよ。そんな」

ぼくがいった。

「やな、お父さん」

玲子は、ぽっと耳を赤くして帳場の脇から、奥の部屋に入っていった。

ぼくは渡された日記のページを、ぱらぱらとめくった。ごくふつうの腰弁――即ちサラリーマンの夫に嫁いで二年目になる二十歳の若妻の日記なのだが、姑と折り合いが悪く、切々とその心情が書き連ねられていた。結婚して二年たつのに子供ができないことで、姑にいやみをいわれ続け、自分をかばってくれない夫に対する不信感がつのっていく若妻の気持ちが、きれいな文章で綴られている。

十月四日　土曜日　晴れ
五時起床。手早く朝の用事を済ませ髪を結ふ。もうながらく癖がついているので、どうしても廂（しょう）がうまくいかない。終ひにはいら〳〵してきたが、余りいぢつ

ている と、直き義母さまに叱られるから、い丶加減な処で思切って、櫛箱を片付けてしまふ。昨日より出来が悪い。（後略）

こんな調子で一日の分量が、結構多い。描写が細かいのだ。ただ、ふしぎなのは大正元年十一月八日で唐突に終わっていることだった。病気でもしていたのなら、もう書けなくなったということも考えられるが、それ以前には病気のびの字もない。日記を書くのを止めると書いているわけでもなし、理由はまったく不明だが、この日でいきなり終わっている。

さらに興味深いのは、その日記の書き手の章子という若妻が近くのお宮に、子供が授かるよう、お百度を踏んで、ちょうど、その日が満願になっていることだった。

「お姑さんに見つかって、取り上げられたのかな？」

ぼくがいった。

「はい。お茶が入りましたよ」

玲子が、ぼくと野沢さんの前に湯飲み茶碗を置く。

「あっ、ありがとうございます」

「その日記、わたしも父に見せてもらったけど、明治時代の女の人って、大変ね。この時代に生まれてよかったわ」

玲子が笑顔でいった。

「洗濯や炊事は楽になったけど、嫁姑の関係なんか、いまも変わっていないところもあるそうですよ」

ぼくがいう。

「もっとも、現代は結婚して親と住むケースは減っていますがね」

「君は、結婚したらどうするんだい」

野沢さんが質問した。

「ぼくは別居派です。だけど、この生活じゃ結婚どころじゃありません。なんとか定職を持たなければ……」

「しかし、いまのような不況のご時世では、ふらふらしているほうがいいかもしれないよ。少なくとも古本屋は、やらんほうがいいね」

「そうですかねえ」

「わたしのところなんか、一見、のんびりやっているように見えるだろうが、家の中は火の車だ。背中に火を背負っている不動明王ってところだな」

野沢さんが続ける。

「ところで、馬場君。その日記なんだがね。ちょっと奇妙なことがあるんだ」

玲子が席をはずすと、野沢さんは小声でいった。

「奇妙なこと？」

「うん。全部、読んでいくと判るんだが、その若妻が、お百度を踏んだのは、現在の自由が丘にあたる場所の小さなお宮で、いまはもうない。あれは、いまから三十年ほど前の話だ。わたしが君ぐらいの時のことだよ。古い話で正確なことは覚えていないが、ある夜、わたしは、そのお宮にいったんだ。理由は忘れた。少しばかり飲んでいたので、いい調子になって、ふらふらと立ち寄ったのかもしれない。九時ごろのことだったね」

そのお宮は閑静な住宅街の片隅にあった。敷地は百坪あるかないかという、小さなお宮だ。粗末な拝殿は朽ちかかっており、人が住んでいるようすはなかった。野沢勝利には、そこにどんな神様が祀られているのかも見当がつかなかった。野沢以外に参詣している人影もない。あたりは、しんと静まりかえっている。石灯籠には火も灯いていない。

（なんで、こんなところに来てしまったのだろう。とにかく交通安全でも祈願していくか）

野沢は、いい調子で鼻唄を歌いながら背広のポケットから小銭を出して、賽銭箱に投げ入れた。十秒ほど目を閉じ、交通安全に健康と出世と良縁を願った。賽銭の額のわりには願いごとをしすぎたかなと、苦笑しながら目を開ける。

その時、ちょっと奇妙な感じを受けた。急に周囲の空気が冷たくなり、背後に人の気配を察した。振り返ると、お宮の入口の鳥居のほうに人影が見えた。拝殿のほうにやってくるようだ。野沢は悪いことをしたわけではないが、反射的に拝殿の横手に回って、その人影から身を隠した。明かりといえば月の光りだけだから、はっきりはしなかったものの、野沢は、そのお宮が最前より、きれいに見えた。

どういうわけか、胸をどきどきさせながら野沢は、近づいてくる人影に目を凝らした。それは女性だった。日本髪で薄茶色の着物姿だ。下駄をはいているようで、石畳を打つ音が、かたことと聞こえる。

野沢は、それが水商売の女性ではないかと思った。なんという形の日本髪か判らないが、時代は昭和四十年代半ば、ふだん日本髪を結っている女性は、役者とか芸者のような特別な社会に住んでいる女性がほとんどだ。それしか野沢の頭には日本髪の理由は思いあたらなかった。

それにしても、こんな山の手の住宅街のお宮に、役者や芸者がやってくるのも不思議だと思いながら目を凝らし、はっとした。薄化粧をしたその女性は、泣きながら歩いていた。鬢がほつれ、着物もやや乱れていた。涙を流し、右手の甲を鼻の下にあてていた。美人ではあったが、その顔に目をやった野沢には、なにか化粧や顔だちが時代にそぐわないような気がした。日本髪に着物という姿のせいもあるが、それ以上に古風さが強調されているのだ。

野沢は役者や芸者に詳しいわけではない。日本髪や着物にも詳しくはない。けれども、なぜか、その女性のかもしだしている雰囲気が現代ふうではないように思えてしかたなかった。女性は半ばよろめくように拝殿の正面に進み、崩れるように敷石の上にしゃがみこんで、声を押し殺し、着物の袖裏を顔にあて、肩を震わせていた。

野沢は一瞬、どうしたものかと躊躇した。しかし若い女性が人気のないお宮で泣き崩れているのだ。男として放っておくことはできない。ましてや、その様子を盗み見るような形で、黙っていることはできなかった。野沢は突然、近寄って怖がらせてはまずいと思い、わざと靴音を高くして、その女性に近づいた。女性は、はっとしたように顔をあげ、野沢のほうを見た。涙に濡れた目が美しかった。

「どうしたんですか？　なにか困ったことでもおありですか。よろしければ、お力になりましょう。たいした力はありませんが。ぼくは決して怪しい者ではありません。参詣にきたら女性の泣き声がしたもので……」

野沢は、できるだけ静かな声で、その女性に話しかけた。

「ありがとうございます。お見苦しいところを……」

女性が透き通るような声でいう。

「そんなことはどうでもいいのですが、通り魔にでも襲われたのではないかと」

「通り魔？」

女性は野沢のことばに、ふしぎそうな表情をした。

「違いましたか」

「あの、通り魔とは、どんなものでございましょうか」

女性が涙を拭きながらいった。

今度は野沢が聞き返す番だった。通り魔を知らない女性、いや人間がいるとは思えなかったからだ。小学生でも知っている。

「あなた、いやお嬢さんは、通り魔を……」

いいかけて、野沢は、ひょっとしたら、この女性は精神に異常でもあるのかなと思い、ことばを止めた。

「わたくし、娘ではございません。夫を持つ身でございます」

女性がいった。とがめる感じはないが、しっかりした口調だ。

「あっ、それは失礼いたしました。お若いので、てっきりお嬢さんだと思ってしまって」

野沢は、通り魔の件は、ひとまずおいていった。

「あら、おからかいになっては嫌ですわ。結婚前の女が、どうして、こんな髪をし着物を着ておりましょう」

女性が、はじめて小さな笑いを見せた。ことば遣いがばかにていねいだが、精神的に異常を持つ人間の会話のようでもなかった。

「いや、ぼくは、女性の髪や着物など、さっぱり判らなくて」

野沢は事実をいった。女性が、ふしぎそうに野沢を見る。

「それでも……」

野沢の見立てが、その女性には、よほどおもしろいらしく、その時には、もう涙はすっかり消えていた。

「なにがあったのです」

「それが」

答えた女性の表情が、また暗くなった。その曇った顔に月の明かりと石灯籠の灯りが影を作る。

「あれっ？」

野沢は声をあげた。さっきまで灯籠には火は入っていなかったはずだからだ。

「なにか？」

女性がいった。

「いえ、あの石灯籠の火ですが、前から灯いていましたっけ」

「ええ、灯いておりましてよ」

「そうか、じゃ、ぼくの思い違いだ」

「灯籠が、どうかいたしましたの？」

「いや、なんでもないんです。それより、お嬢じゃなかった、――あなたが、お泣きになっていた理由ですが。別に、お話しになりたくなければ、それで結構ですが」

野沢のことばに、女性は、ほんの数秒間、考えこんでいたが、やがて意を決したように口を開いた。

「わたくしの話を聞いてくださるとおっしゃるのですか？」

「ええ、あなたさえよろしければ」

「そうですか。それではここで、お会いしたのもなにかのご縁ですから、ぜひ、わたくしの愚痴を聞いてくださいませ」

女性は野沢の目を見つめて答えた。

「お聞きしましょう。しかし立ち話もなんですから、ちょっと座りませんか。ここに座ったら、神さまに怒られますかね」

そういって野沢は賽銭箱の横に腰を降ろした。女性はちょっと躊躇したが、野沢の左側に座った。そして、野沢が話しだすより先に口を開いた。

「わたくし、見ず知らずのあなたさまに、愚痴を聞いていただきますが、ひとつだけ、お約束をしていただきとうございます」

野沢は、この段階になっても、まだ、その女性の正体が摑めなかった。

「どんな約束ですか？」

「お話の最後にわたくしの願いを聞いてくださいませ。これは、きっと神さまのおぼしめしですわ」

「それは、ぼくでできることなら、お聞きもしますが、ぼくにできることなのですか」

「はい。できることでございます。無理にお願いをいたそうと申すのではございません。あなたさまを、ご親切な殿方と見込んで、お願いしたいのでございます」

女性がすがるような目でいった。薄化粧だが、おしろいの匂いが鼻をくすぐる。もちろん、その時の野沢には、その女性をどうしようなどといった気持ちは、これっぽっちもなかった。けれど、たとえ人妻とはいえ、古風な和服の若い美人の頼みだ。多分に好奇心もあり、断るわけにはいかない。まさか一緒に死んでくれというのでもあるまい。

「ありがとうございます。それでは、お話し申しあげます。実はわたくし、義理の母さまと主人とに、ひどい仕打ちを受けまして、それで泣いておりました。わたくしが主人のもとに嫁いでまいりましたのは二年前でございますが、どうしても子宝に恵まれません。義母さまはわたくしを石女（うまずめ）と辛く当たります。それで、わたくしは義母さまや主人に内緒で、お医者さまに診察していただきました。診察の結果は、わたくしには異常はないので、おそらく主人に問題があるのだろうとのことでした」

「はあ……。なるほど」

野沢は想像していなかった女性の話に、なんと答えていいか判らなかった。まだ独身で若い野沢には答えようがなかったのだ。

「お医者さまは不妊の原因は主人にあるのだろう、といわれ、一度、自分のところに連れていらっしゃいと申されます。でも、それにうなずく主人ではありませんし、義母さまが反対するに違いありません。それで、わたくし迷信と思いながらも、子供が授かるようにと願をかけまして、このお宮にお百度を踏むことにしました。そして、今夜がその満願の夜でございますの。ですが、これでも子供ができなかったらと思うと、つい涙が出てしまいまして」

女性は、また目に涙をためて、うるんだ声でいった。

「野沢さん、その話、この日記の内容に似てますね。全部、読んだわけじゃないけれど」

ぼくが茶をすすっていった。

「うん。似ている。その時、その日記を読んでおけばなあ。といっても、わたしはまだサラリーマンに成り立てで、古本屋になろうなどと考えてもいないころだからね」

野沢さんも茶をすすりながら話を続ける。

「しかし、あなたは、このお宮に入る前から泣いておいでだったでしょう？」

野沢が質問した。すると女性の返事は、昨日、義母に願かけをしていることを知られてしまったからだという。義母と主人は、わざとらしいいやみなことをすると、ひどく、女性をとがめたらしい。そして、もし、今年中に懐妊しなければ三行半（みくだりはん）だといったそうだ。

「三行半？　離縁ですか」

「うん」

野沢さんがうなずく。

「なんだか、明治か大正時代の話のようですね。その女性の家は由緒ある家系なのですか」

ぼくが質問する。

「いや、士族くずれのサラリーマンだ」

「へえ、そこまで日記の内容に似てますね」

「まったくだね」

「本当にひどい話だわ。その日記の女の人のように、明治時代の話ならともかく……」

いつのまにか、野沢さんの後ろに玲子が立っていた。

「なんだ、お前、話を聞いていたのか？」

「ええ。でも、以前、日記は全部読ませてもらったけど、お父さんの話は初めて聞いたわ」

玲子が座りながらいった。

「弱ったね。てっきり、お前は二階にでもいったものだと思っていた」

野沢さんが頭をかいた。

「しかたない。話を聞いてもいいが、母さんにはいうなよ」

「なにを？」

「これから話すことだ。この話は、いままで誰にも話したことがない、わたしの秘密だったんだ。いいな」

「はい」

玲子がやわらかな口調でいった。

「約束するから、早く、続きを話して……」

「うん。だが、娘の前では、どうも話にくいな。もっとも、いまの若い者は、わたしたちが心配することもないほど、さばけているからいいか。もう三十年も前のことだし」

「そうですよ。ぼくも早く、先が聞きたいです」

「よし。話そう。二年間、子供ができないからといって、しかも原因は亭主のほうにあるらしいというのに、ひどい話だとわたしも思ったよ。そういって慰めると、その女性は、自分の身体に責任はないのだから、離縁されても、痛くも痒くもない、よろこんで離縁してもらう、といった。が、余りにも一方的だ」

「まるで明治か大正時代のような話ですね」

「えっ!!」

野沢がそういうと、女性が、ふたたび、けげんそうな表情をした。

「どういうことでございますか?」

「なにがです」

「明治や大正時代を昔のことのように、おっしゃられるから」

「六十ぐらいでは、昔ではありませんか」

野沢がいった。

「おほほほ。おもしろい、お人ですね。そういえば、あなたさまは、帽子もかぶらず、お髭も立てず、ネキタイのお柄はハイカラふうでございますわね」

女性が笑った。ネクタイをネキタイと発音する。それは演技には見えなかった。本当の明治人が、野沢の服装をおもしろがっているように思えた。その瞬間、野沢の身体に戦慄が走った。原因の説明はできない。ただ、なんともいえない戦慄が走ったのだ。野沢は笑わないでくださいよと、念を押して尋ねた。

「今年は何年ですか?」

「まじめに、お聞きになっておられますの?」

「まじめです」

女性がいった。

「では、わたくしもまじめに、お答えいたしましょう。今日は大正元年十一月八日でございます」

「大正元年……」

野沢の口から、思わずことばがもれた。一瞬前、全身に戦慄が走った時、すでにそういう答えが返ってくるのではないかと、なんとなく感じ取っていたのだ。

「大正元年というと、明治天皇が亡くなられた年ですね」

野沢が、続けて質問した。野沢には大正元年に、どんな社会現象が起こったか、それ以外なにも知らなかった。

「さようでございます」

「すみません。お金を——なんでも構いません。紙幣でも貨幣でも、ひとつ、見せてください」

「お金を？」

「ええ、いくらのものでも構いませんから」

野沢がいった。もし、この女性の出現が、なんらかの理由による——例えば、以前テレビでやっていたドッキリカメラのようないたずらだとしても、お金を見れば、まちがいなく判る。そこまで凝ったいたずらをすることはあるまい。

「これで、よろしいでしょうか」

女性は帯のあいだから、小さなガマ口を取り出し、中から一枚の銀色の貨幣を野沢の手の上に乗せた。野沢は震える手で、そのコインに目をやった。コインには五十銭という文字が刻印されていた。

野沢の頭の中にパニックが起こった。間違いない。どうして、そういうことになったのか判らないが、野沢は昭和の世界から明治最後の年で大正最初の年にタイムスリップしてしまったのだ。

野沢は両手で顔をおおった。軽い目まいに襲われたのだ。

「だいじょうぶでございますか。ご気分が悪いような」

「なに、だいじょうぶです」

口ではいったが、野沢は横になりたくなった。女性は困った表情で、周囲を見回している。

「ちょっと横になれば治ります。神さまには申しわけないけれども、この拝殿の中に」

「そうですわね」

野沢は女性に身体を支えられて階段を昇り、ふらつく足で拝殿に入ると、表からは見えない陰になった畳の上に横になった。

拝殿の中は、予想よりはるかにきれいで、ほこりや塵はなかった。野沢が横になると、女性はふところからあやめ模様の手拭いを出して、井戸水で濡らしてくるという。野沢も駅の売店で買った、安物のハンカチをひっぱり出して女性に渡した。

「では、すみませんが、これも」

「はい。では二枚を交互に、お使いいたしましょう」

野沢のハンカチを受け取った女性は、拝殿を出ていった。

(それにしても、時間を飛び越えて、過去の世界に入り込んでしまうなんてことが、実際にあり得ることなのだろうか)

野沢は、つぶやくようにいった。これから、どうしたらいいのかも、頭が混乱していて判断できない。

「さあ、これをどうぞ」

女性がもどってきて、野沢の額に濡れたハンカチを乗せた。

「ありがとう」

「ネキタイを外されたほうが」

そういって、女性は野沢のネクタイをゆるめ、ちょっと躊躇したがワイシャツのボタンを三つほどはずしてくれた。女性の顔が近づくと、また化粧の匂いが鼻をくすぐった。

「ご気分は、いかがでございますか」

「ありがとう。だいぶ落着きました」

実際、冷たいハンカチを、額にあてられると、不快感が減少した。

「それは、よろしゅうございましたわ。あなたさまに元気になっていただかないと、わたくしのお願いができません」

女性が野沢の顔を見て、にっこりと笑った。

「ああ、そうでしたね。あなたのお話を聞く代わりに、わたしがあなたの頼みを聞くんだった。寝ている場合じゃないんだ」

「いえ、時間はまだ少しございますから、ご気分がよくなるまで、横になっていてください。それから、わたくしのお願いを申しあげます」

「恐縮です。それから、ちょっと一杯、ひっかけていたものですから。でも、あれくらいの量で調子が悪くなることは、めったにないのですが」

野沢がいう。

「でも、殿方は仕事がうまくいかなかったり、なにかイライラするような時に、ご酒を召されますからよろしいですわ。わたくしのような女には、それができません」

女性は、野沢の額のハンカチを、手拭いに替えた。

「そうですね。特に明治時代ですか？」

「あら、また明治時代の女性は……」

「あっ、いや、なんでもありません」

野沢は、自分が六十年も未来の世界からタイムスリップしてしまった人間だということを説明しようかどうしようかと迷ったが、いうのを止めた。こちらの頭がおかしいと騒ぎにでもなったら大変だ。

「もう一度、ハンケチを濡らし直してまいりますわ」

女性が額の手拭いと、脇に置いてあったハンカチを、手に取った。

「申しわけありません。お手数をおかけして。その替わり、気分がよくなりましたら、必ず、あなたとのお約束は守りますから」

「よろしく、お願いいたします」

薄明かりの中なので、はっきりはしなかったが、女性の顔がちょっと赤くなったように見えた。

(いったい、なにをしてくれというのだろう)

野沢は考えた。もう、その時は酔いは完全に醒めていたが、女性の要求は見当がつかなかった。二分ほどで女性がもどってきた。

「氷でもあればいいのですけれども……。あなたさまのお宅は遠いのでございますか?」

女性がいった。

「いいえ、多摩川を越えた川崎のはずれです」

野沢がいった。

「まあ、川崎。遠いところにお住みですね」

「でも、ないですよ。電車でここから十分です」

「ここからといわれましても、川崎に帰るには新橋にお出になってですから、一時間以上もかかりますでしょう」

「いや、東横線に乗れば……」

「東横線？」

「ええ」

「そのような電車が開通したのでございますか？」

野沢は、しまったと思った。いまは昭和ではないのだ。東急東横線など走っていない。

「ははは。まだ、少し酔っているのかな。百年もすれば、そんな便利な電車もできるだろうということです」

「そうでございますわね。このあたりも、いまは交通の便が悪うございますが、いずれ便利になりましょう。主人や姑がいなければ、拙宅にお連れ申して、適当なお薬をさしあげることもできるのですが。どうか、がまんなすってください。家には頭痛のお薬もございますが、もどれば、もう今夜は外には出られません」

女性が、すまなそうにいう。

「このお時間では、薬屋さんも閉まっておりますし。なにもできませんで」

「いえいえ、頭を冷やしていただいているだけで、充分です。見ず知らずの女性に介抱していただき、まったく、ご親切には感謝いたしております」

「ご気分のほうは、いかがでございますか？」

「ええ、おかげさまで、だいぶ良くなってまいりました。きっと悪酔いしたのだと思います。元気になってきました」

野沢がいった。

「お父さん、なぜ自分は六十年後の世界からきた人間だと、いわなかったの？」

「うん。何度か口を突きそうになったが、止めたよ。現代に生きているわたしでさえ、本当に六十年前の世界にタイムスリップしたのかどうか、はっきりしていないのに、悩みを持って、お百度を踏んでいる女性に、そんなことをいうわけにはいかんからね」

「それはそうですね」

ぼくも口をはさんだ。

「それに野沢さんも、間違いなく六十年後の世界にタイムスリップしたのかどうか、確信はしていないのでしょう」

「その通りだよ。だからこそ妙なことを口走って、病院にでも連れていかれたら大変だと思ったのだ」

野沢さんは大きく、息をついた。

「けれど、野沢さんが過去の世界に飛んだのは、事実なんでしょう」

「それもそうとしか思えん。後で君や玲子にも考えてもらおう」

「不思議な話だな……。これがSFなら、不思議でもなんでもないが。玲子さん、どう思う？」

「さっぱりよ。わたしSFは、ほとんど読まないし。でも、お父さんがタイムスリップしたと聞かされては、どうしても事実を知りたいわ」

玲子が真剣な表情でいった。

「そうですよね」

ぼくもいう。

「一番、真実を知りたいのはわたしだよ」

野沢さんが、お茶をすすりながらいった。

「それから、どうなったの？」

玲子が話の先を促す。

「それからか……。それから先が馬場君はともかく、お前に話すのがな」

野沢さんがいった。

「だいじょうぶよ。あたし、ちょっとやそっとのことでは驚かないから」

玲子がいった。

「そういわれてもなあ」

「判った!! お父さん、その女の人とエッチしちゃったんでしょう？」

玲子が、あっけらかんとした口調でいった。

「玲子、お前……」

「当たりね。でも結婚前の話だし、そんなのどうっていうことないわよね、馬場さん」

「まあ、どうってことないっていうのは……」

「男の人って、こういう話になると、もごもごいって」

「こりゃ、一本取られたな馬場君」

「は、はあ」

ぼくも、どう返事をしていいか判らなかった。

「わたしは断ったんだよ。だが、その女性が、約束したのにと泣いて頼むものだからね」

野沢さんが、ぼそぼそといった。

「それで、お父さんは、その女の人とエッチしたの、しなかったの？」

玲子が、またもあっけらかんとした口調でいう。

「うむ。それがな……」

「そんなに、口を濁しているところをみると、エッチしたのね」

「そんなにエッチ、エッチっていうなよ。母さんに聞こえるじゃないか」

野沢さんが声をひそめる。

「いいじゃないの。何十年も前の独身時代のことだもの。そうでしょ、馬場さん」

また、話がぼくに飛火だ。

「ええ、明治や大正時代じゃないんですから」

「そうよ。馬場さんだって、そういうことあるでしょ」

「いや、ぼくは、その……」

「するとお前も」

野沢さんが玲子の顔を見た。

「それは、お父さんが話相手でも内緒!!」

玲子が笑いながらいう。

「しかし玲子。お前が、そんなことをしていたら」

「どうするの？」

「どうするのって、お前、気軽にいうがな。結婚相手が決まっていて、その男とでもなら文句もいわんが」

野沢さんが、いわくいいがたい表情をした。

「不倫とかさ、そういうのは、あたしもいけないと思うけど。それより、お父さんはどうしたの。その女の人と？」

玲子が話をそらせた。

「う、うん。その、さっきもいったようにだな、わたしは困るといったんだが、その女性は最初に約束をして、自分の身の上話をしたのだから、どうしても、約束を守ってくれって涙ぐむんだ」

「いいわけはいいから……。じゃ、お父さんは、その人とエッチしたんだ」

「そう。その女性の強い要望によってね」

「場所は？」

「その拝殿内部の陰になったところだよ」

「神さまの前でエッチするなんて、大胆ね」

「しかし、あの時代に、その手のホテルがあるわけじゃないし。彼女のほうだって、わたしとのことを、誰かに見られ夫や姑に知らされたら、ただではすまないだろう。昔は女性に不利な姦通罪という法律もあったほどだ」

「ありがとうございました。約束を守っていただいて、感謝いたします。あなたさまは不貞な女だとお思いでしょうが、子供のいないいまのままでは、わたくしは、いずれ、あの家にはいられなくなります。なんとか、これで子供が宿ってくれればいいのですが」

抱き合ったまま、女性がいった。

「はあ、ぼくは何といっていいのか判りませんが。ご主人に悪いことをしたという気もしています」

野沢は、思ってもいなかった事態に、なんといっていいか、判らなかった。とにかく、女性から離れようとすると、女性はもう一度と催促をする。

二度目が終わると、野沢に急激に睡魔が襲ってきて、そのまま眠りこけてしまった。女性は、きっと、野沢のことを元気のないやつだと思ったに違いない。

「本当に本当に、ありがとうございました」

女性の声を聞きながら、野沢は深い眠りに落ちた。

「いい目に合ったのね。女性のほうから声をかけられていいことをして、お父さん、最高よ」

玲子が、ちょっと茶化すようにいった。

「玲子、お前は少し黙っていなさい」

野沢さんが照れながらいう。

「じゃ、お母さんにいいつけちゃおうかな」

玲子が微笑しながらいう。

「お前なあ」

「いいじゃない、お父さん。その女の人が喜んでくれたんだから」

「まあ、そりゃそうだが」

「結局、野沢さんは明治時代の人妻と関係したわけですか。奇妙な話ですね」

　ぼくがいった。

「あれで一時間ほども寝ていたのだろうか、わたしが目を醒ますと、もう女性の姿は見えなかった。あわてて立ち上がり洋服を着る。そこで、あらためて周囲を見ると、その拝殿は、ほこりだらけでぼろぼろだ。瞬間的に、わたしは現代にもどったのだと思った」

「あたりのようすが、最初にお宮に入った時と同じになっていたんですか。石灯籠の火も灯いていなくて」

「その通りだよ。まったくの勘だったが、現代にもどったと確信した。ハンカチを探したが見つからない。でも駅で買った安物だから、どうでもよかった。それより、一刻も早く、わたしは家に帰りたかった」

「家ってこの家のこと」

　玲子がいった。

「いや、そのころわたしは川崎の武蔵小杉に下宿していた。その下宿に帰りたかったんだ。で、転がるようにお宮の外に出ると、アスファルトの道路を現代の自動車が走っていた」

「確実に現代にもどれたわけね」

「そういうことだな。電車に飛び乗り家に帰ったが、頭の中はぐるぐる回転していたよ」

「話はそれだけ？」

玲子がいう。

「それだけって、お前、それだけあれば充分だろ。部屋に入って、幻覚か夢ではないのかと考えた。しかし、ハンカチもなくなっているし、スーツの裾にほこりが付いていた。お宮の拝殿で寝たことは間違いない。しかし、この話はそれ以後、今日まで誰にも一度も話したことはなかった」

「いろいろな意味で、不可思議な話ですからね」

ぼくがいった。

「いくら不可思議でも、わたしには一生忘れられない思い出だ。その思い出はそれだけだけれど、まだ続きがある。十日ほど前のことだ。玲子と同い歳ぐらいの女性が、明車で古本をダンボール二箱分ほど売りにきた。見ると保存はそれほどよくないが、明治・大正時代の稀覯本ばかりだ。十万円の値段をつけたよ。その本を一冊ずつ値踏みしていると、さっきの日記が混じっていた。これは日記ですがというと、その若い女性は、夫に頼まれて、家にあった読み手もないゴミ本を売りにきたのだから、一緒に買ってくださいという。馬場君も知っているように、古本好きの人間の中には無名人の肉筆の日記の収集家もいる。それなら買いましょうと、引き取ったわけだ」

「なるほど」

「で、その日記を読んでみると、姑と夫にいじめられている若妻のものじゃないか。その瞬間、愕然とした。いま馬場君の手の中にある、その日記の素人表装だが、使われている布があのお宮で、わたしの額を冷やしてくれた手拭いの模様と、同じなのだ」

「ということは、野沢さんと関係を結んだ女性の日記だというわけですか？」

ぼくが質問した。

「絶対的な確信はないが、内容といい表装といい、その可能性は高い」

「でも、あやめ模様の手拭いなんて、当時は珍しくなかったのかもしれないわ」

玲子がいった。

「そうかもしれん。だが、わたしは、この日記の持主が、安物の手拭いで表装してあることが不思議だと思う。ふつう大切な日記なら、専門家に頼んで、きれいに表装しそうじゃないか。それをわざわざ、素人が手拭いでしているのは、なにか思い入れがあるのじゃないかと思ったわけだ。わたしは、この日記はあの女性のものに違いないと思うが、君はどうだい？」

「さあ、なんともいえませんが」

そういいながらぼくは、手の中の日記をぱらぱらとめくった。そして、思わず息を飲んだ。さっき、日記を見た時はお百度の満願の日で終わっていたはずなのに、その数ページ後に、短い文章があったのだ。

「野沢さん、この文章、読みましたか？」

ぼくは日記のページを開いたまま、野沢さんに渡した。

「どれ、どこだ？」

野沢さんがいう。

「ここです」

十二月十六日　月曜日　くもり

お医者さまは、確かに妊娠しているとおつしやつてくださる。お義母さまに、それを申しあげると、声をあげてよろこばれた。主人もよろこんで、身体をだいじにしろ、うまいものを食べて、栄養をつけろといつてくださる。もう、わたしも家の中で小さくなつている必要はない。

章子は悪い女です。してはいけないことをしてしまいました。けれど、お義母さまや主人が、あんなによろこんでくださるなら、きつと神さまもお許しくださるに違いありませぬ。

「なんだ、これは？　わたしは何度も、この日記を読み直したが、こんな文章はなかった。決して見落としではない」

野沢さんがいった。

「わたしも、全部読んだけれど、こんな文章はなかったわ」

玲子がいう。

「どういうことでしょう」

ぼくがいった。

「なにが？」

野沢さんが少し興奮した口調でいった。

「この話、全部がです」

「判らない」

野沢さんがぶすっと答えた。

「書き加えられた文章、売りにきた女性の話を総合すると、日記の持主は妊娠して子供を生んだことになりますね。日記を売りにきた女性は、野沢さんが助けた女性の孫の奥さんぐらいの関係になるのでしょうか」

ぼくがいう。

野沢さんは売買ノートを広げて、売主の住所を確かめた。そこには都立大学の住所が書かれていた。

「とすると、あの女性はわたしとの関係で、身籠もったのか。本を売りにきたのは、あの女性の子供の奥さん――いや馬場君がいうように孫の奥さんにでもなるのだろうな。とにかく子孫だ。それはそれでいい。本当はよくはないが、子供ができてしまったものはしょうがない」

「でも、お父さん。お父さんのおかげで、日記の主は、それからは楽しい人生を送ったんじゃないの。きっと感謝しているはずよ。お父さんは悪くはないわ。この事件に、悪い人はいないのよ」

玲子がいった。

「馬場君も、そう思うかい」

「ええ。悪いどころか、人助けをしたことになりますよ」

「そうか。それならいいが。それと、もうひとつ。ついいましがたまで空白だった日記に、あらたな文章が書かれていたということは？」

「それは判りませんね。野沢さんがタイムスリップしたのと同じで、なぜか文章が浮かびあがったとしか……」

　ぼくがいった。

「この家にいってみようか」

「それは止したほうがいいと思います。相手が話を信用するわけはないし、話が混乱するばかりですよ」

「そうだなあ。それにしても不可思議な話だ。わたしにはわたしより年長の子供がいるのか、いたのかしたわけだ。そんな馬鹿な……。この科学万能の時代に、こんなわけの判らない話はない。古本にまつわる数々のふしぎな話はあるが、こんな奇妙な話は聞いたこともない。頭が痛くなってきたよ。その日記帳は馬場君にやるよ。家に帰って、ゆっくり分析してみてくれ。ちょっと横になりたい。玲子、店番を頼む。わたしは二階で少し、気持ちを落ちつけてくる」

　野沢さんがいった。そして、付け加えた。

「わたしが悪いことをしたのではないことは確かだな」

「それは、もちろんです。さっきもいいましたが、野沢さんは悪いことどころか、いいことをしたんですよ」

　ぼくが答えた。

「それならいいが……」

　野沢さんが小声でつぶやくようにいった。

「古本屋を始めて、最大の事件だな。なんとか科学で理由をつきとめたいけれども、たぶん、無理だろう。事実は小説より奇なりか」

「すぐに結論を出さずに、また、ゆっくり考えてみましょうよ。なにが起こったのか？」

　ぼくがいった。

「そうよ。馬場さん、わたしも協力するわ」

　玲子がいう。

「ありがとう。一緒に考えてみよう」

「事実なら、ふしぎだけど、ロマンチックな話ね。お父さんには、もったいないわ」

「なんとでもいってくれ、わたしは横になる」

　野沢さんは、それだけいって二階に上がっていった。ぼくと玲子が顔を見合わせた。

「玲子さん、やはりこの事件、事情を探ってみましょうか？」

「馬場さん、調べたければ調べてみれば……。わたしは、このままでいいような気がするの」

「……ですね。でも、世の中には奇妙な話があるものだな。この話をアレンジして、小説をかいて応募しようかな」

　ぼくがいった。

「今度は第一次選考にも残らないわよ」

玲子が笑いながらいう。

「そんなとこでしょうね。じゃ、止めておこう」

ぼくは日記帳に、目を落としながらいった。

「どんなに科学が発達しても、科学では説明できないことってあるのよね……」

「うん」

ぼくには、それだけしか答えることができなかった。

第二話
総長の日記

「こんにちわ」

「おや、馬場君はまるで打合わせたかのようにやってくるね」

ぼくが店に入っていくと、帳場に座っていたご主人の野沢さんが、笑顔でいった。

東急東横線・学芸大学駅近くの野沢書店。古書店だ。

「それは、どういうことですか？」

ぼく、馬場浩一が質問した。

「今日は、玲子が店番のアルバイトにきているんだよ」

野沢さんが、ちょっと帳場の奥に目をやっていった。玲子というのは、野沢さんの次女で、いま文科系大学の二年生。学校近くにアパートを借りて暮らしているが、お金がなくなると、お店に押し掛けアルバイトにくることになっているらしい。きわだった美人ではないが、笑顔の美しい女性だ。ぼくとの関係は、まだガールフレンドの域を出ていない。

「打合わせたんじゃないんですよ。昨晩、玲子さんから電話があって、お店で会おうって」

ぼくがいった。

「なんだ、玲子が呼んだのか。わたしは、馬場君が超能力者で、玲子がくるのをテレパシーだか透視だかをしたのかと思ったよ」

野沢さんがいい、店の奥に向かって、少し大きな声を出した。

「玲子、馬場君がきたぞ！」

「はーい」

店の二階から、いつもの明るい女性の声がした。すぐに水色のワンピース姿の玲子が階段を降りてきて、野沢さんの後ろから顔を出した。

「いらっしゃい、馬場さん」

「こんにちわ」

「おまえが、馬場君を呼んだんだって？」

野沢さんが、玲子に質問した。

「そうよ」

玲子がうなずく。

「店をデートの待ち合わせ場所にされては、困るな」

野沢さんが、わざときつい声を出したが、目は笑っている。

「あら、お父さん、やーね。デートなんかじゃないわよ。デートするのに、わざわざお父さんの前で会うわけないじゃないの」

玲子が、口をとがらせる。

「それもそうだな。じゃ、なんで馬場君を呼んだんだ」

野沢さんがいう。

「ほら、あれよ。このあいだ店に入った、変な本の話。お父さんも、首をひねっていたじゃない。あれを、馬場さんに見せてあげたくて」

「ああ、あれか。しかし馬場君を呼び出すほどのものでもないだろう」

「そんなことないわ。変な話だもの。うまくいけば、馬場さんの懸賞小説の参考になるかもしれないじゃない」

「馬場君、まだ小説の応募は続けているのかい？」

野沢さんが、ぼくの顔を見ていった。

「ええ。なんとか作家になれないものかと思いまして。いまのようなフリーライターの仕事ばかりじゃ、経済的にも不安だし、かっこうも悪いし……」

「そうだな。もう二十五歳にもなるんだったら、安定した職業につかなくちゃね。しかし、懸賞小説に入選して売れっ子になる作家なんて、宝クジで一等を当てるのと同じくらい大変だよ」

「はい。それは判っていますが、もうしばらく、頑張ってみたいと思います」

　ぼくがいった。

「そうか、挑戦を続けるか。それもいいな。もう二十五歳だが、まだ二十五歳でもあるものな。わたしの歳になったら、もはや遅いがね」

　野沢さんがいった。

「でも六十歳すぎて、作家になった人もいるわ。お父さんは五十代なんだから、こんなお店は畳んじゃって作家にチャレンジしたら」

　玲子がいう。

「そんなことしたら、母さんに離婚されちゃうよ。わたしは本を読むのが好きで脱サラで古本屋になったが、こうやって帳場で本を読みながら、時々ぼけーっとしているのが一番いい。しかし母さんには、感謝しているよ。母さんが踊りの師匠でなかったら、とても古本屋なんかやれなかった」

　野沢さんが、ちょっとしんみりした口調でいった。

「なにか、珍しい本が手に入ったのですか」

　ぼくが帳場のはす向かいにある椅子に座って、話題を変えた。

「うん。そのこと自体は、あっても不思議はないが、同じようなものを見たことは一度もないね」

　野沢さんが、ちょっと判りにくい説明をする。

「不思議ではないけど、一度も見たことがない？」

　ぼくが野沢さんのことばを、復唱した。

「そうだよ。いや、やはり珍しいかな」

　野沢さんが、小さく笑いながらいう。

「気をもたせないで、見せてくださいよ」

「うん。これだ」

　野沢さんは、帳場の隅に積んである、一冊の本を取って机の上に置いた。それほどは厚くない、紺色の布クロース製の本だ。汚れや傷も見当たらない美本。表紙と背に『秋本雄二郎の生涯』と金箔押しがしてある。外見だけでは、どうということのないような伝記本だ。生前に作られたものは配り本、死後刊行されたものは饅頭本というらしい。背の下のほうに、番号と記号を書いたラベルが貼ってある。図書館の本のようだ。

「廃棄本ですか？」

「そうだ。さすがに馬場君だ。だいぶ古書のことが判ってきたね。開いてごらん」

　そういわれて、ぼくは表紙をめくった。見返しページに「東西大学図書館所蔵」の大きな印があり、その印に被せるように廃棄本という赤い印鑑が押してあった。

「東西大学の廃棄本ですね」

「ああ、いまあの学校は図書館を整理していてね。半月ほど前に、五十冊ほどまとめて店に持ち込まれた中の一冊だよ」

「秋本雄二郎って何者ですか」

「君も知らないか。いや、わたしも知らなかったのだが、東西大学の創設者で、初代の総長を務めた人だ」

「そんな偉い人の伝記を学校では廃棄本にしてしまったのですか？」

「偉いかどうかは判らないが、そういうことだね。アルバイトの学生が運んできたので聞いてみたら、予備が五冊ほどあるそうだ」

「へえ、でも、あと五冊あるからといって、廃棄本の印を押して総長の伝記を古本屋さんに持ってくるとは……」

ぼくはいいながら、奥付を見た。昭和三十六年五月刊行で、秋本雄二郎の生涯編纂室編、非売品と書いてある。ぺらぺらとページを繰ると、なにか伝記とは違和感があった。まず「全裸の夫人は運転手をだきしめ」という文字が、目に飛び込んできた。さらに先をめくると、そのほかにも、怪しげな活字が次々現れる。どう見ても大学総長の伝記とは思えない。まるでポルノ小説だ。

「なんだ、これ……」

ぼくは独りごとをいいながら、本の巻頭ページをめくり直した。にこやかな老年男性の写真が写っており、その下に秋本雄二郎初代総長と書いてある。ぼくは次のページをめくった。そのページが扉になっていて、赤い活字で『夫人と運転手』と縦書きで印刷されている。著者名はない。よく見ると、そのページから後ろの見返しページ前までが、そっくり別の本と入れ替えられているのだ。非常にじょうずな改装で、ちょっと見ただけでは判らなかった。

「玲子が君に見せたいといった理由が、判ったかね」

「確かに変な本の意味は判るには判りましたが……。まさか、ぼくにポルノを読ませるためじゃないでしょう?」

ぼくはページをめくる手をとめて、笑いながら野沢さんの顔を見た。

「そうだったら、わたしも玲子を監視しなくちゃならないな」

野沢さんも笑う。

「それにしても、うまく中身が入れ替えられているんですね。最初は全く気がつきませんでした」

「そうなんだよ。ちょっと見ただけでは判らない」

ぼくは、その入れ替えられた『夫人と運転手』というタイトルの本を知っていた。

昭和三十年代の後半に、汚さを感じさせない描写が実にいいと評判になったエロ本、いまでいうポルノ本だった。その世界では、相当、話題になったようだ。ぼくも以前、友人が手に入れた一冊を読んでいた。確かにポルノではあるが、話のできは非常にいいものだった記憶がある。本格的に何百部か刷ったらしく、よく見かけるガリ版刷りではなく、立派な活字本だ。

もっとも当時の騒ぎがどれくらいのものだったかは知らないが、ストーリーだけなら、いまではコンビニで売っているポルノ文庫本と比較しても、その内容はそれほど騒ぐほどのものではないだろう。そのころは、誰か有名な著者の偽名作品ではないかと、犯人探しもなされたが、結局、見つからなかったという。

「どういうことなんですか？」

ぼくが野沢さんに質問した。

「わたしにも判らんよ。何者かが、本の中身を取り替えたことは、まちがいないがね」

「なんで、そんなことをしたんでしょうね。よりによって、大学の総長の伝記とポルノの中身を入れ替えるとは。しかも図書館本に」

ぼくがいった。

「総長の伝記がポルノ本に変わっているなんて。どう考えても変よ」

玲子もいう。

「だけど、読むだけならポルノを手に入れた人が、わざわざ図書館本を借り出し、改装する必要はないですよね。自分の所蔵本を家で読めばいいんだから。こんなもの、その気になれば一、二時間で読めてしまいますよ」

ぼくがいった。

「その通りだ。わたしも、そう思うね。ポルノ本の騒ぎは、確か昭和三十七年のことだ。総長の伝記の発行は昭和三十六年だから、一年ほどの差がある。誰がなんのために一年後に、それも、わざわざ図書館の本を借り出して中身を入れ替える必要があったのか」

野沢さんがいう。

「やはり、何者かがわざわざ借り出して細工をしたわけですね。返却の時に、受付の人が気づかなかったのかなあ」

ぼくが首をひねる。

「実にうまく改装してあるからね。受付の人間は、ラベルと蔵書印を確認するだけで、いちいち中身は調べないだろう」

野沢さんがいう。

「なるほど。でも大学の図書館は、ポルノに改変された総長の伝記を、よく売りにきましたね。燃やしたり、断裁しないで」

「今時の若い人間だからな。おっと馬場君も、そのひとりだったな」

「わたしもよ」

玲子がいった。

ぼくがいった。

「中身が入れ替えてあることに気がついたのは、誰なんですか？」

「アルバイトの学生だそうだ。ときどき廃棄本を持ってくるよ。また図書館用の本を探してくれないかといってくることもある。つまりは、お客さんのひとりだね」

野沢さんが答える。

「そうですか。よく気がついたな。この本を最後に借り出した人間は、判っているんですか？　怪しいのは最後の読者でしょ」

「それがね、図書館に収められてから、この本を借り出した学生はゼロ。図書館内で読んだ学生もひとりだけだったそうだ。後にも先にも借り出した学生はなく、館内で読んだ者がひとりだけ。館内で読まれたのは昭和三十六年九月のことだ。刊行してから四か月後だね」

「たった、ひとりですか⁉　それにしても読んだ学生は、驚いたでしょうね」

「いやいや、それはない。だって、その時点では、その中身は本当の総長の伝記だったわけだからね。まだ、その時には『夫人と運転手』は書かれていないんだよ。だから入れ替えは、その後、行われたことになる。それにしても、ただのいたずらでは悪質だ。図書館では誰か総長に怨みを持った人間がやったのだろうといっているという。わたしも、そう思うが、改装後、貸し出されていないとすれば、やったのは図書館内部の者か図書館に自由に出入りできる人間ということになるね」

「話がミステリーみたいになってきましたね。この総長というのは、よほど評判の悪い人物だったんですか」

「いや、総長を知る人の評判は、すこぶるいい。世間には、あまり知られていないが、なかなか熱心な教育家だったらしいよ。ユニークな発想をする人だったともいう。伝記は、当時の教授連や学校関係者には配られたそうだ。だから、その人たちは必要があっても、わざわざ図書館に読みに行くことはなかったようだけどね」

「でも東西大学といえば、それほどの名門校ではないにしても、ランクでいえば、まあまあというところでしょ。その創設者の伝記を、学生がひとりしか読まなかったというのは、よほど人格者じゃなかったとしか思えませんよ。……もっとも昭和三十六年といえば、四十年も前の話だから。ぼくの生まれる前のことです。学校も設立されて二十年ぐらいしかたっていなかったでしょう。学生たちも、総長の伝記など読みたいとは思わなかったんですかね」

「そういう馬場君は、自分の学校の総長の伝記を読んでいるのかい」

「えっ、いや、読んでません」

ぼくが頭をかいた。

「玲子は？」

「読んでないわ」

「それみろ、そんなもんだよ。今も昔も。わたしは、ちゃんと読んだよ。おそろしく、つまらなかったがね。貧乏で働きながら勉強をして、アメリカに渡って学校の視察をし、帰国して遂に念願の学校を創設したってやつだ。明治時代のことだが、よくある話だろ」

「そうですね。ぼくが時々書く、大会社の社長の伝記なんかも、そんなのが多いですね。でも、その人物のいいとこばかり書いてあって、悪いところはゼロっていうのが、ほとんどですよ」

ぼくがいう。

「そうなんだよ。とにかく、苦学苦学で、まじめで親切で、渡った国の大学を一番で卒業してね。あれは、ひとつのパターンだな。かえってビリで卒業したほうが、おもしろみがあるのになあ」

「そんなに苦学するなら、日本ですればいいのに、たいていはアメリカに行きますね。

それで超一流校に入る。本当に入れるんでしょうか?」

「さあ、知らん。わたしはアメリカの大学のシステムについては、知識はない」

「また、野沢さん謙遜して。以前、奥さんから、よく勉強したって話を聞きましたよ」

「わたしも、お父さんが勉強家だったというのは、母からよく聞かされているわ」

玲子がいった。

「それが、いまはしがない古本屋稼業か……」

野沢さんがいう。

「古書店は決して、しがない商売じゃありませんよ。ぼくにとっては、昔のことを教えてくれる本の詰まった特別図書館です」

ぼくがいった。

「そういってくれると、うれしいね。玲子、馬場君にコーヒーでも入れてあげてくれ。わたしも飲みたい」

「はい」

玲子は店の奥の居間に入っていった。

「この本、店で売るんですか?」

「まさか、売るわけにはいかない。欲しければ、君にやるよ」

「じゃ、ください。この中身を入れ替えた人物を探してみますよ。売りにきたアルバイトの名前は判りますか」

ぼくが野沢さんから、本を受け取りながらいった。

「アルバイトの名前は判らないが、時々くる司書が和田さんというんだ。君が近々会えるように連絡を入れておこうか。それにしても、君も物好きだね」

「だって、おもしろいじゃないですか。総長の伝記の中身が『夫人と運転手』と入れ替わっているなんて」

「おもしろいといえば、おもしろいけれど、そこからなにをひっぱり出すんだい」

「判りませんが、単なるいたずらではなくて、なにか意味のある改装本かもしれませんよ」

「そんなに、大きな意味があるようにも思えないがな。君がいうように総長に怨みを持っている人物が、騒ぎを起こそうとしたとか、せいぜい、その程度だろう……」

野沢さんは、少し伸びかかっているあごひげを撫でながらいった。

「はい。コーヒーが入りましたよ。馬場さんどうぞ。お父さんも」

玲子がお盆にコーヒー茶碗を三つ乗せて持ってきた。

「馬場さん、それを調べるの、わたしにも手伝わせて」

玲子がコーヒーを、ひとりひとりの前に置きながらいった。

「ぼくは、かまいませんけど。野沢さんが、なんといわれるか」

ぼくは玲子と野沢さんの顔を見比べた。

「やれやれ、玲子まで探偵をやるか。だめだといっても、どうせやるんだろ。しかし、こいつは、アルバイト料は出ないよ」

「もちろん、いらないわ」

玲子の返事に野沢さんが、ふうっと息を吐いた。


翌々日、ぼくと玲子が東西大学図書館に司書の和田さんを訪ねると、和田さんは待っていたという顔で、ぼくたちを図書館の喫茶室に招いて話に乗ってくれた。

「犯人探しをしてくださるというのは、ありがたいですね。図書館でも調べているのですが、皆目、判らないんです。ことがことだから。何十年も昔のこととはいえ、これは犯人を探しておきたいと思いまして」

「でも、アルバイトの人は、あの本の中身がポルノ本と入れ替わっていると、よく判りましたね」

ぼくがいった。

「いや、最初は判らなかったらしいんですけど、いま図書館を整理中でしてね。蔵書の並び替えをやっていて、数冊重ねて運んでいる途中で落としてしまったんです。そしたら、ちょうど扉の『夫人と運転手』という文字が見えたので、こりゃなんだ、というわけです。上司に報告したら、すぐ廃棄しろといわれて」

「なるほど」

ぼくは、でも古書店に売るものではないでしょう、といいたくなるのを、ぐっと押さえた。

「最後に、あの本を借り出した人の名前は、判っているんですか？」

玲子が質問した。

「ええ、出版された年の昭和三十六年九月に、当校の女子学生が館内で読んでいます」

和田さんがいった。

「その時は、まだ中身が入れ替わっていないんですよね」

玲子が訊ねる。

「ええ、替わっていません。それは、その女性に連絡して確認しました。ちゃんとした伝記だったそうです」

野沢さんのいうとおりだった。

「ということは、その後、館内の誰かがやったとしても昭和三十六年九月以降ということになりますね。その後、あの本を借り出した人はいないんでしょう。館内で読んだ学生も含めて」

　ぼくがいう。

「総長の伝記を、学生がひとりしか読んでいないというのは、お恥ずかしいかぎりですが、わたしの調べでは、そういうことになっています。わたしも読んでいませんでしたし……」

　和田さんが、ちょっと口ごもるようにいった。

「じゃ、当時、図書館の職員だった人が怪しいわけだ」

　ぼくがいった。

「そうですね。それでそのころの人事を調べてみたのですが、当時の図書館関係者で、現在も図書館に関係している人は、ひとりもいないんです。それどころか、当時は図書館員は三人しかおらず、いまでは全員、学校をやめているんです」

「それは調べるのが大変ですね。昭和三十年代の話だものなあ」

「ただ、その中に、ちょっと気になる人が、ひとりいましてね。総長の秘書をしていて、突然、図書館に異動された職員がいるんですよ。この人もその後、学校をやめてしまいましたが、いま七十歳ぐらいになるかたです。木村さんといったかな」

「和田さんは、その人が総長を怨んで……」

「可能性はあるでしょう」

和田さんが小声でいった。

「その人の住所は判りますか？」

「古い番地ですが、判りますよ」

「では、その人から調べてみましょうか」

ぼくがいった。

「じゃ、ちょっと待っててください。住所を写してきますから。ですが、この調査はあくまでも内々でお願いします。いくら昔の話とはいっても……」

和田さんが、再度いった。

「それは承知しています。ただ、なんだか変わった事件なので調べてみたくなっただけなんです」

「総長は、なぜ、その秘書を図書館に異動したのでしょう」

玲子が訊ねた。

「判りませんね。その秘書も、人に憎まれるようなタイプではなかったようですよ」

「そうですか」

「じゃ、とりあえず、木村さんの住所を写してきますので……」

和田さんが席を立った。

「なんだか、胸がどきどきしてきたわ」

玲子がうれしそうに笑う。

「うん。おもしろそうだね」

そんな会話をしているうちに、和田さんが帰ってきた。そして一枚のメモをぼくに渡しながらいった。

「田園調布のほうに住んでられたみたいですね。フルネームは木村義夫です。いまも住んでおられるかどうかは判りませんが……」

「なんとか探してみますよ」

「よろしく」

ぼくたちは図書館を出ると、近くの喫茶店に入った。

「まるでシャーロック・ホームズにでもなったような気持ちだね」

コーヒーを飲みながら、ぼくがいった。

「じゃ、わたしはワトソン役？」

「女性だからミス・マープルってのは、どうだい」

「ああ、ミス・マープルがいいわ。どっちが名探偵かしらね」

「ホームズとマープルの組み合わせとなると、これは、なにがなんでも犯人を見つけださなくちゃいけないね。その目的も。でも、どっちにしても、話が古すぎるよ」

「けど、調べなければ気がすまないんでしょ」

玲子が笑う。

「そうなんだ。玲子さんだってそうでしょ。……やはり木村義夫という人を、訪ねるところからだな。引っ越しなんかしてたら、追跡するのは大変だぞ。元の住所にいることを祈るばかりだ」

「いつ、木村さんを訪ねようか」

「いつでもいいわ。明日でも」

「学校のほうは、どうするんだい？」

「うまくさぼっちゃう」

「それはよくないよ。じゃ次の日曜日ということにしよう」

「いいわ、ホームズ探偵」

木村義夫さんの家は、住所表記は変わっていたが場所はメモどおり、田園調布の閑静な住宅街にあった。もう七十歳を越えて隠居暮らしだが、矍鑠（かくしゃく）としている。数年前に奥さんを亡くし、お手伝いさんとふたりで生活しているという。

木村さんは、ぼくと玲子の突然の訪問にも、笑顔で応対してくれた。

「秋本総長の伝記のことで、質問にこられたとか。学校関係のかたですか」

木村さんが、ぼくたちにソファをすすめながらいった。

「いいえ、学校とは関係ありません」

ぼくは、探偵しているとは知られないように、適当にしゃべった。

「なるほど。判りました。総長は温厚で博識ないい人でしたが、わたしには結構、厳しかったですね。後で考えると、それだけ信用してくれていた証拠でしょう。最初、秘書をしていたのですが、図書館の充実をはかるからといって、図書館に異動させられました。総長は、そのすぐ後に急死されました」

そういって、木村さんは紅茶を飲んだ。

「ところが、わたしはまだ若くもあり、秘書から図書館への異動を降格だと思い込んでしまいましてね。後にいろいろな人に話を聞くと、一段落したら、わたしを図書館長にしてくれるつもりだったようです。わたしは、その総長の好意に気がつきませんでした。お恥ずかしい話です」

「そこで木村さんは、総長に復讐をしようと考えませんでしたか？」

「まさか、それはありませんでした。心の中では、ちょっぴり悔しいと思っても、わたしは小心者で、なにもできませんでしたよ」

木村さんは、ぼくの失礼な質問にも、笑顔を絶やさず、何事も隠そうともせず世間話をするようにしゃべってくれる。

「そうですか。では木村さんが本の中身を入れ替えたのではないのですね」

「なんのことです?」

「総長の伝記に細工をしたことです」

「それは、どういうことですか?」

木村さんがいった。

「あの伝記になにがあったのです」

木村さんが、身を乗り出した。

「実は図書館にある秋本総長の伝記を、刊行直後、ひとり読んだ学生がいるのですが、それ以後は今日までゼロです。それどころか、『秋本雄二郎の生涯』の中身をポルノ本の『夫人と運転手』と入れ替えた人がいるんです。それが最近になって判り、失礼ながら木村さんがおやりになったのではないかと……」

ぼくがいった。

「とんでもない。わたしは、まったく知らないことです。いくら総長に怨みがあったとしても、そんな馬鹿なことはしませんよ」

木村さんは、気色ばむようすもなく、ぼくたちにいった。

「しかし、図書館でそんなことがあったとは……。いつごろ、そんな本の入れ替え事件が起きたのですか?」

「正確にはわかりませんが、昭和三十七年ごろのようです」

「だとすれば、わたしが学校をやめた、少し後ですね」

「そんなことをやりそうな人の、心当たりはありますか？」

「さてねえ。なにしろ昔の話ですから」

「そうですか。それは大変、失礼なことをお聞きしてしまいました」

ぼくが頭を下げた。

「いや、聞いていただいてよかったですよ。誤解されたまま死んだら、わたしの一生の恥になります。ですが総長の存命中なら、本人がやりそうなことですね。ジョークの好きな明るい総長でしたよ。本好きな人でね。秘書時代は、ずいぶん古書集めの手伝いをさせられたものです。神田の古書即売会にも、たびたび使いに行かされました。もちろん、図書館を充実させるためもありましたが、個人のコレクションのほうが多かったでしょうね。なんにでも興味を持つ人で、ポルノ本も、何冊か持っておいでした」

木村さんがいった。

「そうですか。しかし、そうなると、本の中身の入れ替えをやったのは誰だろう」

「判りませんねえ」

「木村さんは、伝記編纂には加わっていないのですか」

「加わっていました。もっと、人間味のある伝記を作りたいと思ったのですが、わたしのことばは、当時の幹部には通じませんでした。時間ばかり急いで作ったつまらない本になっているでしょう。あの本を作って、数か月してから、わたしは家庭の事情で退職したのです」

木村さんが、ことばをとめた。そして、ふうっとひと息ついてから続けた。

「とにかく、わたしがやったのでないことだけは神に誓ってまちがいありません」

「伝記は何部ほど作られたのですか」

「二百部ほど作られ、教授たちや学校関係者をはじめ、生前の総長の知人などに配られました。もちろん図書館にも収めました。しかし情ない話ですなあ。自分の通う学校の創設者の伝記を読んだ学生が、たったひとりというのには驚きですよ。また、その改装もひどい。そして改装本を古書店に持ち込む学校も学校ですなあ。学校の恥になるということが、判らんのですかねえ」

木村さんが、ため息をつく。

「まあ、そのへんのところは、今時の若者ということで」

ぼくが、野沢さんのようなことをいった。

「それにしても、おもしろくありませんなあ」

「なにがですか」

玲子がいった。

「総長の伝記です。ポルノ本集めもしていた、そんな面も持った人だった、とかなんとか書いて、裏の面も紹介すれば、総長ももう少し名物総長として名前が残ったと思いますがねえ」

「名前を残すことなどには、こだわらない人だったんですね」

「それは、まったく、そうでした。ただ、あまり、その行動の理由をいわずにことを進める人でしたね。わたしも秘書から、いきなり図書館に異動させられた時も、詳しい理由はいわれませんでした」

「というわけなんですよ、野沢さん」

翌日の午後、野沢さんのお店。

「ふーん。犯人は、その秘書だった人ではなかったのか。わたしはその人が腹いせにやった単純な話だとばかり思っていたが……。だとすると、誰がなんのために、そんなことを」

野沢さんが、首を横に振る。

「判りませんねえ」

ぼくもうなずいた。

「すると結局、この事件は迷宮入りかい。木村さん以外に、総長に怨みを持った人間がやったというところまでは、まず、まちがいないだろうけど」

　野沢さんがいった。

「調べを続けてみますよ。これで迷宮入りでは、残念です。あと二人、追いかけてみれば、なにか判りそうですから」

　ぼくがいった。

「木村さんのことばは信用できるのかい」

「ぼくも玲子さんも、信用しています」

「そうか。真犯人は誰なんだ。その動機は」

「現段階では、まったく手がかりなしです」

「どういうことなんだろうね」

「いま、あの学校は誰が総長を勤めているの？」

　玲子がいった。

「二代目が早死にしたので、若い三代目が引き継いでいる。創設者の孫にあたる人だ」

　野沢さんが答えた。

「残りの図書館関係者より先に、その人に話を聞いてみようか。いったい、お祖父さんとは、どんな人だったのか」

ぼくがいう。

「それは、おもしろそうね。そこからなにか見えてくるかもしれないわ」

玲子が答えた。

玲子とぼくが顔を揃えて、現総長の家を訪問したのは、それから数日後の土曜日だった。三代目の総長は、まだ五十代半ばの人だ。客室に案内されると、お手伝いさんが、お茶を持ってきてくれた。

「早速ですが、総長のおじい様のお話をお聞きしたくて、伺いました。馬場浩一というフリーライターです」

ぼくがいった。

「秋本です。古書店のかたと、お聞きしましたが」

「わたしが古本屋、野沢書店の娘で、野沢玲子と申します。いつも、こちらの学校の本をあつかわせていただいています」

玲子が腰を深く折って、挨拶した。

「ああ、野沢書店のお嬢さんですか」

ワイシャツ姿の総長が軽く、頭を下げた。

「やってこられたのは、今度、廃棄した祖父の伝記の件でしょう。はっははは」

総長が笑いながらいった。

「ご存知でしたか」

ぼくがいう。

「古書店のかたが、あの本以外のことで、わたしを訪ねてこられるとは思えませんからね。図書館長から聞きましたよ。でも総長が、わたしの代になってから、やっと探偵が事件を解決しようと乗り出すとは、思いもよりませんでしたね」

「ぼくたちは決して、探偵ではありません。ただ真相を知りたくて」

ぼくがいった。

「それが探偵ですよ」

総長は楽しそうに笑っていう。

「もっと早く、あの本のことが世間に知られていたら、この学校も話題になったと思いますが、いまとなっては、遅すぎですね」

「総長は、最初から話を知っておいでだったのですか」

玲子がいった。

「もちろん知っていました。だって、あの改装をやったのはわたしなんですから」

総長が、胸を張るように平然としていった。

「ええっ!!」

ぼくと玲子が、同時に声を出した。

「わたしが人目を盗んで中身を取り替えたんです。うまくできているでしょう」

総長がいった。

「なんで、そんなことを」

ぼくが質問する。

「当時、若かったわたしは、祖父にかわいがられましてね。よく祖父が、俺が死んだら、おもしろい伝記を作ってくれといわれていたんです。そこで、伝記の中身をポルノ本と入れ替えて図書館に収める。そして学校を騒がす……。本当に若かったんですね。いくら祖父にかわいがられていたからといって、そんなことが発覚したら、世間がどんな反応をするか考えずに……。いまは騒ぎにならないで、よかったと思っています。もし、そんなことが発覚したら、週刊誌ざたになっていたかもしれません。時代も時代ですし」

総長がいう。

「ふーん。信じられないような話だな」

「ちょっと待ってください。それは変じゃありませんか。『夫人と運転手』が話題になったのは昭和三十七、八年ごろと聞いています。おじい様の伝記は三十六年ですから、すぐには中身の入れ替えはできないはずです」

玲子がいった。

「そうだ、そういうことになりますね」

ぼくもいう。

「それができたのです。『夫人と運転手』は、その時、すでに完成していたのです。世には流通していませんでしたがね。その生原稿は、わたしの家にありましたよ。後は印刷するだけの状態でね」

総長が説明する。

「あの小説の生原稿を手に入れられていたのですか」

「いいえ、手に入れたのではありません。あの小説は、実は祖父が書いたのです」

「おじい様が⁉」

玲子が、驚きの声を発した。

「そうです。祖父は集めたポルノを、ずいぶん読んでいましたが、どれも、ろくなものがない、俺が名作を書くといって、本当に自分で書いてしまったのですよ。そして、最近の学生たちは本を読まんから、ひとつ学生たちを、びっくりさせてやるんだと、鼻をひくつかせていました」

「そうすると『夫人と運転手』を書いたのは、おじい様……。そして、それを総長が印刷製本して伝記に改装したということですか？」

ぼくは、呆気にとられて呟くようにいった。

「まさか、と思われるかもしれませんが事実です。ですが、祖父もさすがに『夫人と運転手』は生前には印刷しませんでした。地下本の著者が、もし現役の大学総長と知れたら、ちょっとまずいでしょう。それで、祖父が亡くなった翌年、わたしが祖父の遺志を継いで印刷屋に頼んで、超極秘で『夫人と運転手』を二百部ほど、本にしたのです。超極秘で、あの本を作るのには苦労しましたよ。しかし、あれほど話題になるとは祖父も思っていなかったでしょうね」

「あの小説を、おじい様が書かれたというのには驚きました。ですが総長も思いきったことをしましたね」

「わたしもそうですが、わが家系は楽観的で、馬鹿なことをやる性格の者が多いんですよ。なにしろ祖父は、一にも二にも、おもしろい大学作りを目指し、全国に名を知られる大学にしたいといっておりましてね。落語家や漫才師を講師にしたり、いろんなことをやりましたねえ。余り話題にはなりませんでしたが。なにしろ学校の歴史が浅いので、校名を世間に知ってもらおうと、あれこれ考えたんです」

総長が、ひと息入れて続けた。

「わたしも祖父と同じ考えで、同じように、いたずらをして、学生たちをからかってやろうと考えていたんですね。世間から非難を受けたら、それはそれで学校をやめてしまえばいいってな、軽い調子でユニークな大学を作りだすのに懸命だったのです。そのあたりは、わたしも確実に祖父の血を引いていますね。ですが、いま考えると、大変なことをしたんですね。冷汗がでますよ」

「よかったですね。へたをすれば、警察沙汰じゃないですか」

「ええ、中身の入れ替えはともかく、『夫人と運転手』を地下出版したのが、このわたしだとバレていたら、いま、この学校は存在しなかったかもしれません。ところが読む学生がいなかったのが幸いでした。本当は学生に初代総長の伝記が、三十年も四十年も、読まれなかったというのは大きな恥ですが、今度ばかりは助かりましたよ。わたしは、あの図書館の伝記を読んだ学生から話が、少しずつもれていき、世間で騒がれると確信していたんですが、なにしろ誰も借り出さないんですからね。本来は学生たちを非難するところですが、このいたずらは、誰にも知られず、ほっとしています」

「まったくですね」

「でも馬場さん、いまならどうでしょうね。『夫人と運転手』が祖父の手になったものだと判ったと、マスコミに知らせてみましょうか？　もう年数もたつし、問題にもならないでしょう」

総長がいった。

「いや、それは、およしになったほうがいいですよ。いまは、東西大学は世間に知られた立派な大学です。『夫人と運転手』も忘れられています。無駄な騒ぎは起こさないほうがいいでしょう。話題になったとしても、別のことでならともかく、ポルノ本はまずいですよ。時がたっているとはいえ、やはり学校にもおじい様にも、また総長の名誉にも傷がつくし、第一、学校の教授や学生、卒業生たちが気の毒ですよ。校名を全国的に広めるのなら、スポーツとか、芸術とか、ほかにいろいろあるじゃないですか」

ぼくがいった。

「そうですね。では、やめておきましょう」

総長がうなずいた。

「ですが、おじい様は文のたつかただったのですね。あれがポルノでなければ復刻したいぐらいですよ」

「そんなに、できがいいですか？」

「若造が生意気なことをいうようですが、実にいいと思います」

「それだけ褒めてくれれば、祖父もよろこぶことでしょう。それにしても、どこの学校でも学生というのは、創設者の伝記などは、読まないものなのでしょうかねえ」

「それはなんとも。ですが、ぼくも自分の卒業した学校の総長の伝記は読んでいませんよ。彼女も同じことをいっています」

ぼくが玲子のほうに顔を向けていった。

「そうですか。たしかに大学の総長の伝記など、よほど有名な人物のものしか読む気にはなれませんね。わたしが死んでも伝記なんか作るなと遺言しておきましょう。……ところで野沢さん。図書館の本の整理がすんだら、祖父個人の蔵書も多数処分しようと思っていますので、その際はよろしくと、お父さんにいっておいてください。では、これで」

それだけ早口にいうと、総長はさっと立ち上がり部屋を出ていった。

「これが事件の顚末です。というわけで事件が解決されたのかされなかったのか、よく判りません。あの三代目の総長の話も、どこまでが本当か。祖父が好きだったからといって、あんな大胆なことをやりますかね」

ぼくが野沢さんにいった。

「いくら若かったといっても、あまりにも、動機が弱いね。しかも、いまになっても、まだ発表しようかと思うなんていうのも、わけの判らん人だね。いくら学校名を広めるといっても、ポルノ小説で世間を騒がせようというのはなあ……。なにか別の真実がありそうな気もするが」

「でも、近く、祖父の蔵書を売りにくるといっていたから、その中に掘り出しものがあるかもしれないわ。仕事になったからいいじゃないの」

玲子が、さばけたことをいう。

「個人の蔵書というから、なにか一、二冊はおもしろいものがあるかもしれないな」

野沢さんがいった。

「『夫人と運転手』の生原稿も入っているかもしれませんよ」

「あれは商売にはならないよ。残念ながら小説はいいが、著者が無名だ。ポルノは名のある作家が偽名で書いたものでないとね」

「はあ、そういうものなのですか」

「絶対ではないが、そんなところだね。それに、あの本が話題になっている時なら、無名でも少しは値がついただろうけど、いまじゃタイトルも知らない同業者もいる。それに、収集家もいるが地下出版本は、それほど人気のあるジャンルじゃないからな。古書の世界にも新刊本と同じようにブームがあってね。一時期の純文学の初版本ブームの時など、大変な騒ぎだったが……。いまは漫画と雑誌かな。それに戦前の探偵小説、SF。うちのような古本屋としては、おもしろくない時代だよ。もちろん、そういう本をあつかってきた本屋は喜んでいるだろうがね」

野沢さんがいった。

「そうか。すると、今度運んでくるといっていた本も、期待薄ですね」

ぼくがいう。

「いや、なにが混じっているか。教育者といっても、いかにも総長らしくない人だったようだからね」

「ポルノ本ばかり五千冊も、持ってきたらどうします」

ぼくが笑いながらいった。

「全部、君にやるよ。わたしはポルノ本は店には置かない主義だから、好きなようにしてくれ。それにしても、なんだか気の抜けたような事件だったね。どうだい、シャーロック・ホームズにミス・マープル君」

野沢さんが、ぼくと玲子の顔を見比べていった。

「おっしゃる通りです。なんだか結論が出たような出ないような……」

「わたしも」

玲子もいう。

「ねえ、野沢さん。三代目総長のことばではありませんが、いま、野沢さんが『夫人と運転手』の著者を発見したと、マスコミに知らせたとしますね。ニュースになりますか?」

「まず、ならないだろう。その発見者がテレビなどで顔の知られた文化人ででもあれば、また反応は違うだろうが」

野沢さんが、ふうと息を吐きながらいった。

「しかし、天国の秋本雄二郎さんも、学生が自分の伝記をひとりしか読まなかったとは想像しなかったでしょうね」

「今回はそれで世間的には結構だったわけだが、学生たちの反応には秋本さんもがっかりしているだろう。それとも、ユニークな人だったようだから、それはそれでいいと喜んでいるかな。それにしても、この世の中には、いろいろなことを考える人物がいるものだと、またひとつ勉強になったよ」

「ぼくもですよ」

「わたしも」

「だが、『夫人と運転手』を書いたのが、大学の創設者の総長で、そのポルノ本を図書館本に改装したのが、孫とはなあ。あの本を返却してくれとも、いわなかったのだろう。むしろ、うちで売れるのを期待しているのかな？　どういう血筋の家系なのかね。いくら楽天家の血筋といってもな……。なにか他にも理由がありそうだが、調査はこれくらいにしておいたらどうだい」

「はい。そのつもりです。一時期は、これはおもしろいミステリーだと思ったのですが、いまは調査を続けるのが馬鹿馬鹿しくなりました」

ぼくがいった。

「わたしも。……コーヒーを入れてきますね」

玲子も、なんだかなっとくのいかない表情で立ちあがった。

「やっぱり、ミステリーは事実より小説のほうがいいよ。これが小説だったら、なにかドンデン返しのオチが必要だが、事実じゃオチのつけようがない」

「この話に、あっという驚くべきオチを考えて、懸賞小説に応募してみましょうか。途中までは、おもしろい話ですから」

ぼくがいった。

「なるほど、その手もあるな。でも、それで入選したら、総長からクレームがつくぞ。よしておいたほうが、よさそうだな。……それにしても、なぜか馬場君と親しくなってから、奇妙な事件がよく起こるね。次はなにが起こるんだい？」

野沢さんが、ぼくの目を見て笑った。

第三話 挟まれた写真

内容は覚えていないが、悪夢を見て、汗びっしょりになり目を覚ましたのは夜中の三時ごろだった。

前日の昼間、ぼく――馬場浩一は久しぶりに、神田の古書会館で行われている古書即売展に顔を出した。いま書いている懸賞小説の資料を、新刊書店に買いに行き、その日が金曜日だと気づいて、古書会館の古書即売会に足をのばしたのだ。

この古書即売会は、通称、古書展と呼ばれているもので、ほとんど毎週、金曜日と土曜日に開催されている。〔ぐろりや会〕とか〔紙魚（しみ）之会〕とか、十二、三の古書店がグループを作って、それらのグループ参加店が共同し、交代で即売会を開くのだ。どういう基準で、それぞれの古書店のグループが参加しているのかは、ぼくには判らないが、それは熱心な本当の古書マニアが集まってくることで知られている。即売会が始まるのは午前十時からだが、一時間も前から行列ができるほど人気がある。

ぼくが古書展に入ったのは、午後二時を少し過ぎていた。欲しい本があっての会場のぞきではなかったが、東急・東横線学芸大学駅近くの古書店・野沢書店のご主人、野沢勝利さんと出会ってから、ぼくは急速に古書に興味を持つようになっていた。野沢さんの次女・玲子と親しくなってからともいえるが、それだけではない。それまで、古書の世界とは、ほとんど縁がなかったのだが、だんだん古書のおもしろさが判ってきたのだ。

会場は午前中の、ごったがえしも一段落して比較的すいていた。各店の出品棚も、ところどころ空きがあり、もうだいぶ売れているようだった。棚を眺めながら歩いていると、明治時代末期の世界旅行記で石山五郎という人の『世界見聞録』なるハードカバー本が目についた。値段も安い。

昔の旅行記には、ちょっぴり興味があるので、手にしてみると、その本は上下、二巻本で手にしたのは上のほうだった。下巻はない半端本だ。だから値段も安いのだ。古本は全集とか二巻、三巻本の半端本は、揃いに比べて格段に安い。ぼくも、ちょっと考えたが、いずれ下巻と出会える可能性もあると、その半端本を買うことにした。結局、古書展会場で買ったのは、その本、一冊きりだった。

家に帰る電車に乗って、買ってきた『世界見聞録』のページをぱらぱらとめくっているとセピア色の名刺大の写真が一枚挟まっているのに気がついた。かなり古い写真のようだ。帽子（ソフト）をかぶって、髭をたてた男性が日本庭園をバックにして笑顔で写っている。が、気になったのは、その左側にもうひとり人がいるはずなのに、男性から左側が切り取られていることだった。つまり、その写真は半分だけなのだ。

古書には、よく写真やハガキ、名刺、時には紙幣などが挟まっていることがあり、それ自体はふしぎではなかったが、半分だけの写真というのは珍しい。写っている男性の着物姿や髭から、昭和初期に撮影されたものらしい。

本の内容は、おもしろい。まじめに書いてあるのだが、行く先々でトンチンカンなことばかりやっている著者には、親近感が湧いてくる。いかにも明治時代らしい、世界旅行記だ。挟まれていた写真の男性が著者なのだろうか？　それとも無関係なのか。それはまったく判らないが、とにかく楽しい本だった。そのため、家に帰ってからも、懸賞小説を書くのをやめて、その本を読み続けた。

床についたのは午前零時ごろだった。すぐ眠りについたが、怖い夢を見た。汗びっしょりで目を覚ましたのは三時だった。ぼくは金縛りにあったり、悪夢で目を覚ましたことは、これまでにも、ほとんどない。

（なんで悪夢を……）

理由が判らないまま、ふたたび眠りについたのは、もう明け方の五時近かった。その日は土曜日で、午前中、週刊誌の無署名記事を一篇書き、ＦＡＸで送って、野沢さんを訪ねることにした。手に入れた『世界見聞録』と写真の話をしに行こうと思ったのだ。

野沢書店についたのは、二時少し前だった。野沢さんは留守だったが、思いがけず帳場には玲子が座っていた。金欠になり、押し掛けアルバイトにきたらしい。玲子は野沢さんの次女で、文科系大学の二年生だ。

「こんにちは」

「あっ、馬場さん。いらっしゃい。今日、わたしが、お店に来てること知っていたの？」

ぼくの挨拶に玲子が、微笑しながらいった。

「いや、知らなかった。偶然だよ。お父さんに見せたいものがあってね」

ぼくがいう。

「そう。昨晩、突然、父に店番を頼まれたのだけど、馬場さんがそれを知っているのかと思ったわ」

「知らない、知らない。でも、それじゃお父さんは、今日は留守？」

「ええ、四時ごろには帰ってくるっていってたわ」

「じゃ、待っていればお会いできるね」

「父に見せたいものって、なあに。わたしには内緒？」

玲子が、身をちょっと乗り出していった。

「いや、内緒なんかじゃないよ。昨日、神田の古書展で本を買ったら、半分だけの写真が挟まっていたんでね。それを見せにきたんだ」

ぼくは、そういいながらデイパックの中から『世界見聞録』を取り出した。

「あっ、この本、ずっと前にうちにもあったような気がする」

玲子が表紙を見ていった。

「二冊本の上巻だけなんだ。安いから買っちゃった」

「そこに写真が、挟まっていたわけ？」

「うん、これだよ」

ぼくは写真を玲子に渡した。

「古い写真ね。……ほんとだ。真ん中から切ってある。なぜかしら」

「判らないね。お父さんなら判ると思ったわけでもないんだけど、見てもらおうと思ってね。そしたら玲子さんが留守番してたんだ。得しちゃったな」

「得？　どうして……」

「だって、今日は玲子さんが店番をやっているとは思っていなかったもの。予想していなかったのに美人に会えたんだから得だろ」

「やだ、美人だなんて」

玲子が恥ずかしそうにいった。そして、話題を変えた。

「本当に、なぜ、この写真、半分に切ってあるのかしらね」

「判らないな」

「この人、歳はいくつぐらいかな……」

「髭をたてているけど、案外若いと思うよ。二十歳代か三十歳代のはじめだろうね」

「場所はどこかの日本庭園ね」

「みたいだね」

　ぼくが答えた。

「判った！　これは恋人どうしの写真で、隣に女性がいるのよ。だけど、なにかの理由で別れなければならなくなって、二枚に切ったの。それで、お互いの思い出として、この一枚を『世界見聞録』の上巻に、もう一枚を下巻に挟んで、ふたりで一冊ずつ持っていることにしたんじゃないかしら」

　玲子がいった。

「玲子さん、たちまち一篇の小説を作ってしまったね。それ応募したら？」

「わたしは、懸賞に応募しないもの。でも、ふたりはどうして別れることになったのかしら」

　玲子は、もう話を自分の思いどおりに作りあげてしまっている。

「さてね。親の反対かな。それはそうと、この本、おもしろいんだよ。昨日買って、一気に読んじゃった。下巻、手に入らないかな。以前、お店にあったっていうのは二巻揃い。それとも一冊だけ？」

「覚えてないわ。三、四年前のことだから。確か一冊だけだと思うけど」

「もう、残っていないよね」

「父に聞いてみないと判らないけど、売れちゃったんじゃないかしら。馬場さん、お店で見た記憶ないでしょう」

「うん。この手の本は好きだから、あれば見ていると思うよ」

そういいながら、ぼくは店の中を、ぐるりとひと眺めした。

「珍しい本なの？」

玲子が尋ねる。

「それが判らないんだ。で、お父さんにお聞きしようと思って」

ぼくが答えた。

「そうかあ。じゃ、父が帰るまで不明ね。あ、ごめんなさい。お茶も入れないで……」

玲子が帳場から立ち上がった。

「いいよ、いいよ。ぼくは、客じゃないもの」

「インスタントコーヒーで、がまんしてね」

玲子は店の奥に入っていった。

店主の野沢さんが帰ってきたのは、四時半ちょうどだった。

「お帰りなさい」

ぼくと玲子が、同時にいった。

「おや、馬場君が来ていたのか」

野沢さんは、両手にぶらさげていた二十冊ほどの古書を帳場の脇に下ろしながらいった。

「商品の仕入ですか」

ぼくが質問する。

「うん。十年も付き合いのある大学教授が、少し整理したいというんでね。五十冊ほどだというから車で行ったんだ。ところが、いざ整理するという段階になったら、これも惜しい、あれも惜しいといって、結局、売ってくれたのは二十冊ほど。文学部教授だから、おもしろい本があるかと期待していたんだが、値段の付く本は結局、売ってくれなくてね。でも、二、三冊はいい本があったよ。けど、うちで売れるような本じゃないから、神田の友人にまわそうと思ってね」

「どうして、このお店では売れないんですか？」

「こんな場末の古本屋には、三万も四万もする文学書を買いにくる客はいないよ。そのうち、せどり屋が持っていってしまうだろう」

「せどり屋ってなんですか」

「語源は、よくわからないけど、うちのような組合にも入っていない古本屋や地方の店を歩きまわって、安い珍本や稀覯本を買い、専門店などに高く売って利鞘を稼ぐ人たちだ。わたしも、昔はずいぶん本を抜かれたよ。いくら古本好きといっても、脱サラの新米だから、神田の専門店なら十万円もする本に五千円なんて値段を付けてね。せどり屋に笑われたものだ。とにかく、あの連中は、どんな分野でも価値のある本を知っていてね。わたしなんかより、よっぽど勉強しているね」

「古書店という仕事も、難しいんですね」

「ああ、やさしくはないね。ところで玲子、今日は少しは売れたかい」

「えーと、お客さんは六人。売上げは一万二百円」

　玲子がノートを見ながらいう。

「ほー、珍しいね」

「三分の一は、高校生の買った漫画よ」

「なるほどね。今や場末の古本屋のお得意さんは、金持ちの高校生か。そして売れるのは漫画だ」

野沢さんが、ふうと肩で息をついた。

「三、四人でやってきて、立ち読みを始めたから、立ち読みはお断りっていったら、そのまま出て行かずに買ったのよ。おどろいちゃった」

「それはまた……。わたしが注意しても、買って帰ったためしはないがね」

野沢さんは、部屋の奥に入っていった。

「玲子、帳場、交代しようか。馬場君とは奥で話をすればいい」

そういいながら野沢さんが、帳場に戻ってきたのは五、六分してからだった。

「いいわよ、お父さん。帰ってきたばかりなんだから、少し休んだら」

「うん。別に疲れてもいないが、とにかく馬場君、こっちにきたまえ」

「はい」

ぼくが靴を脱いで、上がり框(かまち)に足をかける。

「今日、玲子が来ているのを、よく知っていたね。それとも玲子が君を呼んだのか」

「いいえ、まったくの偶然です。昨日、神田の古書展で『世界見聞録』という本の上巻だけを買ったのですが、すごくおもしろかったものですから。ぜひ下巻も読みたいと思いまして。この本は稀覯本なんですか？」

「いや、それほど珍しくはないが、たくさん出まわっているわけでもない。三、四年前には下巻だけが、うちの棚に並んでいたよ。上下、揃っていると、わりあいいい値段になる本だがね」

「そうですか。じゃ神田あたりにいけば、下巻だけが買える可能性もありますね」

「うん。わたしも記憶しておこう。どんな表紙だったっけね」

野沢さんが質問した。

「上巻はこれです」

ぼくは本を野沢さんに渡した。

「そうそう、これだ。この本は同じデザインで、上下の表紙の色が違うだけなんだよ。どこかで見つけたら、連絡してあげよう。安ければ買ってしまおうか」

「すいません、お願いします」

「待てよ、うちにあった下巻を買ったのは、わたしと親しい古本屋だ。聞いてみてあげよう」

そういって野沢さんは、アドレス帳を開いた。そして、部屋の隅の電話機に手を伸ばした。

「もしもし、古今堂さんですか？　ああ君か、野沢だよ。どうだい調子は……。同じだね。不況も不況、いつ潰れるか計算しておいて、次の仕事を考えなきゃな。ところで、ちょっと聞きたいんだが、君の所に『世界見聞録』の下巻はないかな。探してる人がいるんだ。えっ、ある。うちから買っていったやつか？　あれは、揃いで売れた。

じゃ、その後に今度は下巻だけが手に入ったのか。それ譲ってもらえないかな。サンキュウ。じゃ、一両日のうちに本人に買いに行ってもらうよ。馬場という青年だ。頼む」

そこまでいって野沢さんは、送話口に手を当て、ぼくにいった。

「下巻だけあるそうだ。直接、買いに行ってくれるね」

「はい」

ぼくが答える。野沢さんは、ぼくの返事を確認するとふたたび電話の相手と話し始めた。ぼくは玲子のところに行って、下巻が見つかったことを告げた。

「あら、よかったわね」

「古今堂さんて、どこにあるの？」

「北海道」

玲子がいった。

「ええ、北海道⁉」

ぼくはびっくりして聞き返した。いくら読みたくても、一両日中に北海道まで取りにいくことなど不可能だ。時間はともかく交通費を考えたら、とても行けない。ぼくが、いかにも困った顔をしたのだろう。玲子がいった。

「嘘よ。中目黒にある本屋さんよ」

「中目黒か、すぐ近くだね。……ああ、おどろいた。玲子さんも人が悪いなあ」

ぼくが、ほっとしていった。そこへ電話を終えた野沢さんが戻ってきた。

「運がよかったね。中目黒の古今堂さんの場所は知っているかい」

「いいえ」

「じゃ、あとで地図を書いてあげよう。駅から近いところだから、すぐ判るよ。値段も安くしてもらうようにいっておいた」

「すみません。ありがとうございます」

ぼくが頭を下げる。

「だけど、あの本、そんなにおもしろいかい」

「おもしろいです。明治末期の世界の情勢も判るし、著者が演じるドタバタが事実ですから」

「そうか。じゃ、わたしも読んでみればよかったな」

「この上巻だけ、お読みになりますか。ぼくは、もう読んでしまったので構いませんが」

「うん。といっても、今は読めないし。君のほうで上下巻揃って、わたしに暇ができたら貸してもらうよ」

野沢さんが答えた。

「その時は、いつでもいってください」

それから、半分に切られた写真の話をした。

「古本に写真が挟まっていることは、よくあるけど、半分に切ってあるというのは珍しいね」

「どうせ挟まっているんなら、一万円札がよかったんですけどね」

ぼくがいった。

「そういう欲張りには、お金は挟まらないことになっているんだよ」

野沢さんが笑う。

その晩は、野沢さんの家で食事をごちそうになり、ぼくが家に帰ったのは、午後十時ごろだった。

翌日、ぼくは昼前、野沢さんに書いてもらった地図を頼りに、中目黒の古今堂書店を訪ねた。

「こんにちは。野沢書店さんにご紹介いただいた馬場と申しますが」

ぼくは店に入るなり、帳場に座っている五十歳前後と思われる、温厚そうな表情をした小肥りの男性に挨拶した。その男性が古今堂の店主・遠藤さんに違いなかった。野沢さんの話してくれた遠藤さん像にぴったりだったからだ。

「やあ、君が馬場君か。玲子さんの彼氏なんだって？」

店の主人に、いきなり、思ってもいないことをいわれて、ぼくは焦った。

「いいえ、ただのボーイフレンドです」

ぼくが、あわてて否定した。

「まあ、なんでもいいや。俺には関係ないからね。いや、すまん。挨拶もしないで、遠藤達治です。野沢君とは親しくさせてもらっている」

ぼくの予想は当たっていた。

「『世界見聞録』の下巻が欲しいんだってね」

「はい」

「昔の旅行記を集めているの？」

遠藤さんがいった。

「いいえ。特に集めているわけじゃないんですけど、気まぐれで上巻を買ったら、おもしろかったものですから」

「なるほど。これだよ」

遠藤さんは、すでに用意してくれていたようで、すぐに背中のほうの本の山の一番上にある一冊を取って、ぼくに渡してくれた。

「美本でもないけど、汚れてもいないだろ。これじゃ不満かな？」

「とんでもない。充分です。お幾らですか」

「上巻は、幾らだった？」

遠藤さんが聞く。ぼくが答えた。

「じゃ、同じ値段でいいよ」

「そんなに安くていいんですか」

「野沢さんの紹介だもの、高くはできないよ」

遠藤さんが笑う。

「しかし、この本の上下揃いを二、三日で手に入れたのは幸運だね。そう珍しくはないけど、揃いとなるとなかなか出ないんだ。ところで、この本なんだけど、ちょっと、ふしぎなことがあるんだよ」

「ふしぎとは？」

「これを枕元に置いて寝ると、悪夢を見るんだ。俺もみたよ。売りにきたお客さんが、そんなことをいったので試してみたんだ。そうしたら、本当に悪夢を見た。内容は覚えていないがね」

ぼくは一瞬、身を凍らせた。ぼくも一昨日、悪夢を見た。その時、上巻を枕元に置いていた。

（あの悪夢は、この本のせいだったのか……）

しかし、ぼくは、その話を遠藤さんにはしなかった。ぼくが代金を払うと、遠藤さんがいった。

「そうだ、もうひとつ、持って行ってもらいたいものがあるんだ」

遠藤さんは立ちあがって、帳場から部屋の奥に入っていったが、すぐに戻ってきた。手に写真を持っている。

「この写真なんだけどね。本に挟まっていたんだ」

そういいながら遠藤さんは、写真をぼくに手渡してくれた。古い写真だ。一見して、ぼくの古書展で手に入れた上巻に挟まっていた写真の切り取られた半分だと判った。

だが、そのことも、ぼくは黙っていた。

「捨ててしまおうと思ったけど、写っている女性が美人なんで神棚に祀っておいたんだ。でも霊験はなかったな」

遠藤さんが笑った。

「これも、いただいていいんですか?」

「ああ、うちには霊験はなかったけれど、君のところにいけば、なにかいいことがあるかもしれないからね」

「じゃ、いただきます」

ぼくは、すぐにでもデイパックの中の上巻に入っている写真を取り出して、合わせて見たい気がしたが、それもやめにした。ここでそれを出したら、話がややこしくなるばかりだ。

「ありがとうございました」

ぼくは代金を払い、写真をポケットにしまって店を出た。

(欲しい本は、かんたんに揃った。が、悪夢のことや写真のこと……。いったい、どうなっているのだろう。とにかく野沢さんの所に行ってみよう)

野沢さんの店のある学芸大学は中目黒から、たった二駅しかない。ぼくは早足で駅に向かった。

「欲しい本が、すぐに揃ったのはいいが、この写真と悪夢の件は謎だね」

野沢さんがいった。そして続けた。

「でも、君は昨日、悪夢の話はしなかったじゃないか」

「ええ、だってこの本と関係あるとは思っていませんでしたから」

ぼくがいった。

「そうか。しかし遠藤さんの話を聞くと、君の見た悪夢は、この本か写真に関連がありそうだな。それにしても、遠藤さんの店にあった下巻に写真の半分が挟まっていたなんて、偶然とは思えないよ」

「まったくです」

「いくら明治時代の本だといっても、日本中には十組や二十組はあるだろう。半端本も入れれば、もっとあるはずだ。しかし、その半端本とはいえ一組が二日で揃ったというのは、奇蹟に近いね。さて、その悪夢だが……」

野沢さんが二枚の写真を、並べて見る。

「一番かんたんな解釈は、この写真のふたりが恋人か夫婦で、それがなにかの理由で仲を割かれた。その怨みが悪夢となって現れる、というやつかな」

「玲子さんも、同じようなことをいってましたよ。ぼくは幽霊とか怨霊というのは信じていませんが、たしかに、よくある話ですね。本とは関係あるのでしょうか?」

「どうだろう。判らないなあ。いや、写真は挟んだほうがいいのかな」

「でも、野沢さん。一冊でも汗びっしょりですよ」

「なに、わたしは、これでもこういう話には強いんだよ」

野沢さんが胸を張る。

「しかし、写真のほうは、まったく手がかりがないからなあ。せめて裏に名前でも書いておいてくれたらよかったのにな」

「そうですね。すみません。ぼくが妙な本を持ち込んでしまって」

「なに、おもしろいじゃないか」

「おもしろいけど、なんだかうすきみ悪いですよ。せっかく、本の内容は楽しいのに」

　ぼくがいった。

「たしかに、気分がいいとはいえないな。まあ、とにかく、さっきいったように、今晩試してみるよ。だけど、この商売を始めてから、こんな本の話は聞いたことがないね。掛け軸だとか屏風なんかだと、嘘か本当かは別にして、時々、話を聞くが」

　野沢さんがいった。

「ぼくのせいで、野沢さんが幽霊に取りつかれたり、病気にでもなったら……」

「だいじょうぶ。心配無用だよ」

「そうですか」

「そう。もし、死んでしまったら、店は馬場君にゆずろう。はっははは」

　珍しく、野沢さんが大きな声で笑った。

「ぼくは上巻で、遠藤さんは下巻で悪夢を見たといっていました。それが二冊揃ったら……」

「二倍の悪夢になるか、なにも見ないかだろうね。わたしは、なにも見ないような気がするなあ」

「だと、いいんですが」

「君は朝は何時ごろに起きるんだい。悪夢を見ても見なくても、明日の朝、電話をするよ」

「八時には起きていると思いますが、それより早くてもかまいません」

ぼくが答えた。

「オーケイ、判った。とにかく、連絡する。この二冊の本が、持った人間に悪夢を見せる禁断の書にでもなったら、おもしろいね。しかし、そうなったら、誰が持っているんだい。わたしは嫌だよ。君が持っているかい？」

「ぼくだって嫌ですよ。その場合は、どこかの神社仏閣に、お祓いをして納めてもらいましょう」

「なるほど。それが一番いいかもしれないね」

野沢さんがうなずいた。

「馬場君、起きてたかい！」

野沢さんから電話がきたのは、翌日の朝、八時ちょっと過ぎだった。

「はい。起きてました。どうでしたか？」

ぼくは、お早うございますもいわず、野沢さんに質問した。

「なんにも起こらなかったよ。それぞれに写真を挟んだまま、枕元に置いて寝たんだがね。わたしは、こういうことには鈍感なのかね」

「さあ、それは……。野沢さん、いまから、お店に行っていいですか」

「かまわないが、なにしにくるんだい？　ああ、そうか。この二冊の本は君のだったね」

「そんなことは、どうでもいいんですが、やはり写真のことが気になるんです」

「わかった。待ってるよ。じゃあな」

電話がきれた。

ぼくが野沢書店についたのは、午前十時だった。開店の時間だ。野沢さんは、店の前の均一本の台を整理していた。

「やあ、もう来たか。早いね」

「野沢さんが、どんな夢を見たか、教えていただきたくて」

ぼくが本を並べるのを手伝いながらいった。

「それが、電話でもいったとおり、なにも夢を見なかったんだ。いや、見たかもしれないが、記憶はない。いい気持ちで眠ったよ。……これでよし。中に入って話そう」

店に入ると、野沢さんは帳場に座り、ぼくは折り畳み式の小さな椅子に腰を降ろした。帳場の台の上にはコーヒーカップが、ふたつ並んでいた。奥さんが用意してくれたに違いない。野沢さんの家は下が店で、二階が住居になっているのだ。

「まあ、コーヒーでも飲みたまえ」

「はい。いただきます」

ぼくがカップを手に取った時だ。店の入口で男の声がした。

「いるかい？」

ぼくと野沢さんが、視線を声のしたほうに向ける。それは古今堂の遠藤さんだった。

「こんにちは」

ぼくがいった。

「おお、昨日の青年か。えーと……」

「馬場です」

「そうそう、馬場君。昨晩、悪夢を見なかったかい」

遠藤さんがいった。

「なんだい。こんなに早くやってきて、俺に挨拶もなしに、夢の話か」

野沢さんが笑う。

「ああ、そうか。すまん。おはよう」

「いまさら遅いよ。おーい、すまないがコーヒーを、もうひとつ持ってきてくれ」

野沢さんが、家の奥に怒鳴った。

「はーい」

奥さんの声がする。

「いい、いい。俺に気を使うことはない」

「気をつかわないと、野沢は遊びにいっても、コーヒー一杯出さなかったといいふらされるからな」

野沢さんがいった。

「俺とお前の仲で、そんなことが……、以前、あったな」

遠藤さんが笑った。

「開店早々、千客万来だが、どうした?」

野沢さんが質問する。

「まじめに、昨日の本の話に来たんだよ。さっきもいったが、悪夢を見なかったかと」

遠藤さんが、ぼくのほうを見ていった。

「見なかったよ。その話を聞いて昨日はわたしが、本を枕元に置いて寝てみたんだ。お前に譲ってもらった下巻だけじゃなく、馬場君が古書展で買った上巻も一緒にね」

野沢さんが答えた。

そこからは、まず、ぼくが上巻を買ったいきさつから、話し始めた。遠藤さんは、興味深げに耳を傾けていた。ひととおり話が終わると、遠藤さんがいった。

「なんだか信じられないような話だな。馬場君も、昨日、俺の店に来た時、その話を詳しくしてくれればよかったのに」

「すみません。お話しすると、ややこしくなると思って」

ぼくが頭を下げる。

「たしかに、ややこしいね。で、詰まるところは野沢は悪夢を見なかったと、こういうことだな」

「お待ちどおさま」

奥の部屋から、コーヒーカップを持った、野沢さんの奥さんが現れた。

「おじゃましてます」

ぼくがいう。

「奥さん、俺には気をつかわないでください」

遠藤さんも頭を下げる。

「コーヒー一杯ですよ。気をつかうもつかわないもありませんわ。どうぞ、ごゆっくり」

「すみません」

遠藤さんがいった。

「お前も、悪夢を見たんだって?」

野沢さんが、遠藤さんにいった。

「うん。その時は下巻一冊だったけどね。汗をびっしょりかいたよ」

「いつごろの話だ」

「そう二か月か、三か月前だ。切断された写真が気になって、読みながら眠っちまった時だ。ひどい悪夢でね。気味が悪いので、本も写真も捨てちまおうかとも思ったが、それも怖くてな。だから昨日、馬場君が買ってくれたときは、ほっとしたよ」

「その本を売りにきた人も、悪夢を見たっていったんだろう。よく買ったね」

「本気にしてなかったからね」

「よし、今晩、もう一度、一冊だけ枕元に置いて寝てみよう。馬場くんもやってみないか?」

「は、はい」

「それじゃ、馬場君は上巻で、一度、悪夢を体験しているのだから、今度は下巻でやってみてくれ。わたしは上巻でやってみる」

「なにも、そんな実験をすることはないじゃないか。二冊揃えたら、なんともなかったんだから、もう、それでいいだろうに」

遠藤さんがいった。

「いや、せっかく、ここまで調べてみたんだ。やって見るよ。馬場君は、嫌ならやらなくていいよ」

野沢さんがいう。

「いえ、やってみます」

本心はやりたくはなかったが、実験してはっきりもさせたかったのだ。

「もの好きな連中だね。化け物に食い殺されても知らんぞ」

遠藤さんが笑った。


その夜も、ぼくは悪夢にうなされた。野沢さんも汗をびっしょりかいたという。

「やはり、この本は呪われているんでしょうか?」

ぼくが質問する。

「……としか思えんね。ただ、わたしは本ではなくてむしろ、写真のほうに何かを感じるね。証拠があるわけではないが、なんとなく勘でね」

「ぼくも、そう思います。ですが、写真が原因だとすると、本よりも、もっと理由が判りませんね。この二枚の写真が誰のものか、探し当てるのは至難の業でしょう」

「ということになるね」

「ぼくも変な本を買ってしまったものですね」

「うーん。そういっても、そんな写真が挟まっていることには気づかずに買ったんだから、文句のいいようもないな。この写真の人物たちになにがあったのか知らないが、なにか怨念があるような気がしてならないよ。二冊揃えて寝た時は、なにもなかったんだから」

野沢さんがいう。

「そうですね。とにかく二枚の写真を貼り合わせてみましょうか」

「それはいいかもしれないね」

野沢さんが、セロテープを取り出した。そして画面がずれないように、慎重に二枚の写真を貼り合わせた。

「刃物で切ってあったから、ぴったりといったね。これでいいだろう」

「そうですね。これで、また実験してみますか?」

ぼくが尋ねる。

「いや、もう実験はしなくていいと思うよ。それとも、君、もう一度、やってみるかい」

「今晩やってみます。それで、なにも起こらなければ……。でも、どういう実験のしかたをすればいいんでしょうか。写真だけにしますか、本も置きますか」

「そうだなあ。二冊の本のどちらかと写真を置いてみたらどうかな」

野沢さんがいう。

「判りました。じゃ、そうしてみます」

ぼくが答えた。

「君も、やりだしたら最後までやらないと、気がすまない性格のようだね」

「でもないですよ。ただ今回は本を手放したくないので」

「なるほど。だったら気がすむまで、やってみるといい。今夜の実験で、なにも起こらなければ、問題は写真にあったことになる。また、うなされるようなら、原因は本のほうにありそうだ。そうなれば呪いの旅行記って、ちょっと、おもしろいじゃないか」

「おもしろくないですよ。あのうなされるのには、参ります」

「たしかに。うなされて、うれしい人間はいないだろうね」

野沢さんがうなずいた。

その晩、ぼくは予定どおり実験をした。うなされることも、寝汗をかくこともなかった。やっぱり、原因は本ではなく写真のほうにあったようだ。

午後になって野沢さんの店を訪ねた。玲子も来ていた。

「よかったね。原因が判って」

「ええ。これで安心して『世界見聞録』を読むことができます」

「原因が二枚に切られた写真だったとすると、なにがあったんだろうね」

「判らないけど、写っていたふたりが、なにかの事件で切り裂かれてしまい、その怨念だと思うわ。ありきたりな因縁話だけど」

玲子が、また自説を主張した。

「みんな、そんなところだろうと思ってはいるんだけど、それ以上が判明しないんだよ」

ぼくがいう。

「今度は、その原因を調べるなんていうんじゃないだろうな」

野沢さんがいった。

「それが判れば、この写真の関係者に写真を返すことができますけどね」

「やってみましょうか」

玲子がいった。

「もう、よそうよ。また、うなされるはめにならないともかぎらない」

ぼくがいった。

「そうだよ、玲子。お前が馬場君をそそのかしちゃいかん」

「でも、なぜ写真が切り離され、明治時代の本に挟まれ、それを見た人が悪夢を体験するのか知りたいわ」

「それは、ぼくも知りたいけど、この写真の元々の持主を探し出すのは不可能だよ」

「新聞に投書してみたら、どうかしら」

「そうだな、やってみるとしたら、それぐらいのものだろうなあ」

野沢さんがいった。

「やってみますか」

「見つからなくて元々と思えば、手のかかることではないからね。しかし、玲子も野次馬だな」

「そんなことないわ。このままじゃ、なにかすっきりしないもの。神社仏閣でお祓いをして、燃やしてしまっていいものかも判らないし」

「たしかに、それはいえますね」

ぼくがうなずいた。

「ありがとうございました。二度とこの写真を見ることはないと思っておりました。それが……」

老婦人は写真を拝むようにして見つめながら、ぼくたちにいった。

「間違いなく、わたくしの両親でございます。父が出征する前日に撮ったものです。

両親が一緒に生活したのは、わずか一か月でございました。この写真を撮った時には、わたくしは、もう母の体内に宿っていたのでございますねえ」

老婦人がハンカチで、何度も涙を拭きながらいう。玲子の提案で、新聞に写真を投稿したところ、運よく掲載され、自分の両親ではないかという人がすぐに現れたのだ。老婦人からの連絡でさっそく四人は銀座の喫茶店で会うことになった。

「しかし、どうして写真はふたつに切られていたのでしょう?」

玲子が質問する。

「それは、わたくしも母から聞いておりません」

老婦人がいった。

「では、その半分ずつの写真が『世界見聞録』の上下巻に挟まれていた理由は、ごぞんじありませんか?」

ぼくが尋ねた。

「はい。もう記憶が薄れておりますが、わたくしの知るかぎり、この本を家で見た覚えはありません。なんで、こんなことになったのか……」

老婦人も首をかしげる。

「お父さまが亡くなられたのは、ニューギニア戦線とおっしゃられましたね」

「はい。母や親戚のものからは、そう聞いております」

「ニューギニアと、この『世界見聞録』は関係なさそうですしね」

野沢さんが写真を見つめながらいった。

「どういうことか、判りませんね」

ぼくが、ため息をつく。

「とにかく、写真はお返ししましょう」

「ありがとうございます。戦災で家を焼かれ、アルバムの類もほとんど燃えてしまいましたので、これは、わたくしにとりましては貴重な写真になります」

「そうですか。しかし、こんなによろこんでいただけるなら、新聞に載せてもらってよかったですよ」

「本当に……」

老婦人は、写真を絹のハンカチでていねいに包み、ハンドバッグの中にしまった。

「ありがとうございました。では、わたくしはこれで失礼させていただきます。コーヒーのお代金は……」

「なに、そんなもの結構ですよ。どうぞ、お気兼ねなく」

野沢さんがいう。

「わたしたちは、もうすこし、話がありますので、ここで」

「そうですか。じゃ、遠慮なく」

老婦人は、何度も何度も頭を下げて、店を出ていった。

「結局、本と写真は関係なかったわけですね」

ぼくがいった。

「そういうことになるね」

「でも、戦災でアルバムが焼けてしまったというけど、なぜ、あの写真は燃えなかったのでしょう。そして、だれの手を経て、二枚に切られ、あの本に挟まれていたんでしょうね」

「ぜんぜん、判らんな。わたしは、あの婦人の父親か母親、つまり写真に写っている人物のどちらかが切ったのだと思う。夫は妻の写真を持って戦場に向かい、妻は夫の写真を肌身離さず持っていたのではないか。それが夫は戦死し、他の遺品とともに妻の元に帰ってきた」

「そこまでは、ぼくも同感です。だけど、だれが、なんのためにそれを『世界見聞録』に別々にして挟んだのかが謎ですね」

「謎だね。それに自分の説を否定するのは変だが、写真がきれいすぎるよ。妻のものはともかく、夫のものは、もっと傷んでいるのが普通じゃないか」

野沢さんがいった。

「そうですね。それに、あのかたにはお話ししませんでしたけど、悪夢はどうつながるのでしょう」

ぼくがいう。

「つながらないね」

野沢さんが答える。

「……あ、ちょっと待って！　さっきのご婦人だけど、どうしてあの写真の記憶があるわけ？　だって写真が撮られた時は、生まれていなかったはずじゃない」

玲子がいった。

「そうだ、かりに写真を見たとしても赤ん坊だったはずだよ」

「両親の写真はほとんど戦災で焼けたはずなのに、あの婦人は、なぜ写真が両親のものと判ったんでしょうか。やっぱり気になりますよ。あとで電話して確認してみます」

「しかし、他人の写真をだれが、なんのために二枚にして『世界見聞録』に挟んだのかしら」

「それは、ますます判らない。悪夢についても、手掛かりはなし……」

「そんな」

「といわれても、わたしは探偵じゃないからね」

「そうですねえ。でも、せっかく一件落着したと思ったのに」

「また、最初から調べ直すかい」

「いや、ぼくは、もういいです。とにかく、読みたい本が二冊揃って、悪夢も見なくなったのですから文句はありません。とりあえず、さっきのかたに確認はとりますがおそらくなにも判らないでしょう。なにしろ生まれる前の話なんですから」

「……だね。今回はわたしまで加わって、話の解決に手を出したが、これ以上はやめだ」

野沢さんが腕を組む。

「でも、よかったじゃないの。写真が手に入ってよろこんだ人がいるんだから」

玲子がコーヒーのカップに、手をのばしながらいった。

「それで、よし、とするしかないね。とにかく、わたしは、もうこの件からは降りるよ。馬場君のいうように、悪夢さえ見なければ、それでいい」

野沢さんが、いささか、うんざりした表情でいった。

「うなされる原因が本のほうにあるのなら、これは調べてみるのもおもしろいが、写真ではわたしたちには手が出せないよ」

「写真は、あのかたの両親と判ったけれど、本については、まったく手がかりはないんだから、正直、これ以上、調べようがないだろう」

「ないですね」

「じゃ、この事件はこれで終わりだ」

「ふーん。しかし、世の中には説明のつかないことがありすぎだな」

「これも怪談話のひとつになるんでしょうかね」

「さて、どうだろう。わたしは超常現象を、わりと信じるほうだが……」

野沢さんが組んでいた腕をほどいた。

「すいませんでした。ぼくが古書展で、あの本の上巻を買わなければ問題はなかったんですが」

「なに、それを君が謝ることはないよ。なあ玲子」

「そうよ。馬場さんだって騒ぎを起こそうと思って、わざわざ買ったわけじゃないんですもの」

玲子がいう。

「次は馬場君が、なにを持ち込んでくるか楽しみだな」

「もう、持ち込みません。間になにか挟まっている本は二度と買いません」

ぼくがいった。

「一万円札が挟まっていても？」

「それは……」

「ははは。その場合は買うだろ」

野沢さんが笑う。

「そうですね。買ってしまいそうだな」

ぼくが頭をかいた。

「しかし、判らない事件だったね。ここのところ、判らない事件が多いなあ」

「どうもすみません」

「馬場君が謝る必要はないよ。君がわざとやってるわけじゃないんだから」

「ぼくなんかとは比較にならないほど古書を買う人も、こんな事件に巻き込まれているんでしょうかね」

「さあ、あまり聞いたことはないな」

野沢さんがいう。

「じゃあ、やっぱり、ぼくに責任があるんですよ」

「それは考えすぎだよ。たまたまさ」

「そうよ。馬場さんが悪いわけではないわ。偶然よ」

玲子がいった。

「でも……」

ぼくはコーヒーを、ひと息に飲み込んだ。

だが、ぼくは話をそれで終わりにしきれなかった。そこで、その夜、家に帰ると思いきって老婦人宅に電話をかけた。けれど受話器から聞こえてきたのは予想外のものだった。

「現在、この電話番号は使われていません……」

というアナウンスが流れてくるだけだった。

全ては闇の中に消えた。

第四話　サングラスの男

「あれっ！　玲子さん」

ぼくは、思わず大きな声をあげた。それぞれに陳列棚の本を見ていた周囲の人々が、ぼくのほうに視線を送ってきた。しかし、そんなことは少しも気にはならなかった。

ここは神田小川町の東京古書会館即売会場——通称、古書展会場。

ある金曜日、ぼく——馬場浩一はフリーライターだが、どうしても作家になりたくて何度落選してもしょうこりもなく、懸賞小説に応募を続けている。この日も某有名作家名の冠のついた懸賞小説に応募する作品の資料を探すため、この会場にきたのだ。

ぼくが声をかけた相手は東急東横線学芸大学駅近くにある古書店、野沢書店の次女、野沢玲子さんだった。文科系大学の二年生で、アパート暮らしをしている。小遣いがなくなると、お店に押し掛けアルバイトに行くのだ。ぼくは、一年ほど前、お店で初めて会い、以後、ガールフレンドとして交際させてもらっている。

「まあ、馬場さん」

玲子が、ぼくのほうに近寄ってきた。

「珍しいですね、玲子さんが古書展にくるなんて？」

ぼくがいった。というのは、玲子は古書店の娘ながら、古書にはほとんど興味を持っていなかったからだ。

「ええ、ちょっと近くに用事があってきたんだけど、そういえば今日は古書展の日だと気がついて、覗いてみたの」

玲子が小声でいった。古書展に若い女性がひとりで顔を出すことはめったにないので、それだけでも、男の客の視線を浴びているところに、ぼくが大きな声で呼びかけたものだから、ぼくたちは大勢の客の注目の的になってしまった。しかし、玲子はそんなことは、まったく気にならないという口調でいった。

「馬場さんは、例によって懸賞小説の資料探し？」

「うん。今度は新撰組の資料が欲しくてね。神田には、時代小説関係の資料を扱っている本屋さんもあるけど、高いから、まずは古書展に顔を出したというわけ」

「うちの店には、なんにもなかった？」

「残念ながら、お父さんに電話で尋ねたけれどなかったよ」

「そう。あんな場所の悪い小さな店に、馬場さんが必要とするような本格的な資料本があるわけないわね。じゃ、わたしも探してあげるわ」

「玲子さんは、なにを探しに？」

「わたしは、とくにこれといったものはないのよ。うちの父がいつもいう、冷かしっていうあれよ」

玲子が微笑しながらいった。

「冷かしなんてことばを使うのは、やっぱり古本屋さんのお嬢さんだね」

ぼくも笑った。その時だった。

「こいつが二千円か、これは高いよなあ、青年。君、どう思う。中元書店なら五百円ってところだろ」

ぼくの隣の中年の男性が、突然、ぼくに声をかけてきた。ぼくは、ちらりと男性のほうに顔を向けただけで、返事をしなかった。声をかけたほうの中年男性も、ぼくが応えなかったことなど、別に気にもしないようすで、ぼくの背中側を通り越して行く。そして、また陳列棚から、なにか一冊、引き抜くと、そばにいる男性になにやら話しかけていた。

「知り合い？」

玲子が質問した。

「いや、あの人は毎回、必ず古書展にくるんだけど、ぶつぶつと周囲の人に声をかけ、結局は一冊も買わずに帰ることで有名なんだよ。ぼくは最初、本気になって相手をしてたんだけど、二、三回、それが続くうちに、古書店の人に教えられてね」

「変わった人がいるわね」

　玲子が小声でいう。

「いるいる。古書マニアには、奇人変人が山のようにいるよ。……といってるうちに、またひとりきたよ」

　ぼくがことばを止めた。プーンとなんともいえない、嫌な臭いがした。周りの客がざわざわと道をあける。すると、七十歳にもなろうかという和服姿の老人が、左手に二冊ほどの本を持ち、ぼくたちのほうにやってきた。嫌な臭いは強くなるばかりだ。ぼくは玲子の手を引っ張って、場所を移った。

「どうしたの？　なあに、この臭い」

　玲子がいう。

「いま、ぼくたちの前を通った着物姿のお爺さんだよ。どういう生活をしているのかしらないけど、何年もお風呂に入っていないらしく、近くにくるとひどい臭いがするんだ。この人も古書展では有名でね」

　そういいながら、老人のほうに目をやると、帳場で手にしていた本の支払いをしていた。

「本当に、いろいろな人がいるのね。わたし、もう出ようかしら」

「いろんな人がいるけれど、古書展には痴漢はいないから安心だよ。みんな本の虫みたいなものだから。女性より本に夢中なんだ。古書展で痴漢騒ぎがあったなんて聞いたことないだろ。それより玲子さん、図々しいけど、もしよかったら、一緒に新撰組の資料探してもらえないかな」

ぼくは、せっかくここで玲子に会ったのに、ろくに話もしないで別れるのは残念と思っていった。古書会館を出たら、近くの喫茶店に入り、ふたりでコーヒーの一杯も飲みたい。

「そうね。どうせ、ひまで入ったのだから探すの手伝ってあげるわ。じゃ、わたしは向こう側を見ることにするわね。並んで歩いてもしょうがないでしょ」

「うん。頼む」

ぼくは、そう答え、玲子とは反対側の陳列棚を眺めはじめた。本当は並んで歩きたい気も数パーセントはあったが、古書展会場でデートする人の話は聞いたこともない。そんなことをしたら、ぼくもたちまち、古本マニア奇人のひとりにされてしまう。

そんなわけで、ぼくたちは、約一時間、各店の棚を見て歩いたが、収穫はほとんどなかった。雑誌「歴史読物」の新撰組特集が安く出ていたので、それを一冊買ったが、内容は特別に珍しいものではなかった。ただ価格がやすかったので買ったのだ。玲子も一冊も見つけられなかったという。

「ごめんなさいね、役に立たなくて」

玲子がすまなそうにいった。

「とんでもないよ。古本の資料なんて、古書展にくれば、すぐに見つかるというもんじゃないよ。一冊の本を、もう五十年も探し続けている人だっているんだから」

「古書集めも奥が深いわね。これじゃ、古本屋の娘は失格ね」

「それとこれとは別の話さ。靖国通りの九段坂方向に、もしかしたら、という店があるんだけど、付き合ってくれる」

ぼくがいう。

「いいわよ。どうせ、もう用事はないんだから」

玲子がいった。

「じゃ、近くの喫茶店で、お茶でもして、それから行ってみよう」

ぼくは手にしていた雑誌を、帳場のアルバイトに差し出した。その時、帳場の左脇にある入口のところに、ぼくにでも高級と判るスーツ姿に黒いサングラスをかけた中年と思われる男性の姿が見えた。人間の顔というのは、目を見ないと年齢が判りにくい。

「こんにちは」

玲子が、その男性に向かって軽く頭を下げた。ぼくもつられて頭を下げる。

「やあ、どうも。野沢書店の下のお嬢さんでしたね。お父さんのお使いですか？」

サングラスの男性が、玲子に口元をゆるめて、ていねいな口調でいった。

「いいえ、近くまできたので、ちょっと寄ってみただけです」

「そうですか。近々、お父さんにご相談したいことがあるので、よろしくいってください」

サングラスの男性も玲子に軽く会釈して、会場の奥に入っていった。

ぼくたちは会場の外に出ると、編集者と作家が打合せをすることで知られている喫茶店に入った。ここで紅茶を飲みながら、ぼくも、いつの日か、ああいう打合せをしたいと思ったものだ。ただし、この日は向かいに玲子がいるので、そんな気持ちは少しも湧いてこなかった。

「この店はね、作家と編集者が打合せするのに使うことで、よく知られているんだよ。ほら、あの人たちなんかそうだ」

ぼくは小さなテーブルの上に書類を置いて、なにやら話合っている、二人の席を目で玲子に教えた。

「へえ。ここ、そういうお店なの。あそこにいるのは有名な人？」

「さあ、ぼくも作家の顔を全部知っているわけじゃないし、有名作家は用事があれば家に編集者を呼びつけるっていうから、それほどの売れっ子というわけでもないんじゃないのかな」

「なるほどね。ここは、そういうお店なんだ」

「だけじゃなくてね、古書店巡りや古書展会場での収穫物を確認しに入ってくる、お客さんもたくさんいるよ。場所がいいから、いつも混んでいるけど、息苦しいって感じはしないだろ」

「ええ、いい雰囲気のお店だわ。馬場さんも、早くここで打合せができるようになるといいわね」

「頑張っては、いるんだけどなあ」

　ぼくは頭をかいた。

「ところで、さっき古書展の会場で挨拶していたサングラスの男の人だれ？」

　ぼくは話題を変えていった。

「ああ、あの人ね。うちのお店のお客さんのひとりで、えーと、なんていったかしら。……そうそう、斎藤さんというの」

「お客さんか。それで、今度、お父さんに用事があるっていってたんだね」

「そういうこと。安心した？」

　玲子がコーヒーカップに、口をつけながらいった。

とを知っているようだ。もっとも、だれだって、ぼくの玲子に対する接しかたを見ていれば、それくらいは判るだろう。とはいえ玲子のほうから、そういわれると、なんだか胸をびしっとアーチェリーの矢で一突きされたような気がした。

「安心したって、その……」

ぼくは、しどろもどろになって答えた。玲子は、ぼくが彼女に好意を抱いているこ

ぼくは紅茶を、ひと口飲むといった。

「安心したよ。ひょっとしたら玲子さんの婚約者かも知れないと思っていたんだ。もし、そうだったら、ぼくの出番はないものね。ただのお客さんだったら、ぼくにも、まだ望みはあるよね」

「望みって？」

「玲子さんに、本格的に付き合いを申し込む権利のこと」

「や、やだ、馬場さん……」

今度は、玲子が顔を耳まで赤くして、ことばをつまらせた。

「まあ、その話は今度、ゆっくりさせてもらうことにして、その斎藤さんって人だけど、どんな分野の本を集めているの？」

「詳しいことは知らないわ。わたしがアルバイトで店番をしている時には、一、二度しかきていないから。ただ、父の話では超能力関係の本を集めているんだって……」

「超能力。あの歳で。もっとも正確な年齢は知らないけど」

こんなことをいったら、怒る超能力研究者がいるかもしれないが、ぼくは、超能力に興味を持つのは、せいぜい大学生ぐらいまでで、それ以上の年齢で夢中になるのは、一種の変人だと思っている。

「歳は四十ぐらいじゃないかしら。でも父にいわせると、斎藤さんは、かなり本格的な研究者で、明治時代の関係書や洋書も集めているらしいわ」

「なるほど。でも、あのサングラスには驚いたな。あれだけきりりとスーツ姿で決めて、真っ黒なサングラスじゃ、ギャング映画の殺し屋みたいだよ。いつもサングラスをかけているの?」

ぼくが質問した。

「ええ、わたしの知るかぎりではね」

「やはり、超能力を研究するだけあって変わり者なのかな。だって今日なんかサングラスをかけるような天気じゃないよ」

「そうね。そういえば、以前、父がいってたわ。斎藤さんがどしゃぶりの雨の日に、サングラスでお店にきたって」

玲子が小さく笑いながらいった。

「それは、たしかに変わり者だよ。雨の日もサングラスを取らない超能力研究者か。

なんだかミステリーか怪奇小説が書けそうだな。新撰組は中止にして、そっちの構想をねることにしようか」

ぼくも笑った。

「だめだめ、馬場さんは、すぐにストーリーを変えるんだから。今回は新撰組と決めたら、最後まで新撰組で行きなさい」

玲子がたしなめるようにいう。

「はい。承知しました、ボス！」

「なに、そのボスっていうの？」

「どうしても、さっきの斎藤さんという人が、ギャング団の構成員に思えてね」

「なるほど、男の人って、そういう発想をするのね。わたし、目の周辺に傷か痣でもあって、それを隠すために、いつでもサングラスをはずさないのかと思っていたわ。目そのものが悪ければ、あんなふうには歩けないでしょ。でも、ギャング団の殺し屋だなんて……」

玲子が、大きくうなずいた。

「冗談だよ、玲子さん。それに男がみんな、そんなことを思うわけないじゃないか。そもそも殺し屋が古書展に、なにを探しにくるんだい」

ぼくが笑う。

「そういえば、そうね。わたしも馬鹿みたいね」

そういって玲子は、手で口を押さえて、くすくすと笑った。

「それにしても、なんで雨の日でもサングラスをはずさないいんだろう。かっこうをつけているのかな?」

「なぜかしら?」

玲子も首を、ちょっと横にふった。

ぼくたちは三十分ほど、その喫茶店で世間話や新撰組の話をして表に出た。時代小説の参考資料になりそうな本を、かなり揃えている古書店は、そこから二、三分歩いたところにあった。地下鉄の神田神保町駅の近くの誠実堂書店だった。詳しいことは知らないが、この店は創立年も古く、由緒ある古書店として有名だ。二階建てで、一階は全集ものが多く、二階に各種の資料本を揃えている。

「馬場さん、たちまちのうちに古書店に詳しくなったわね」

玲子が、ぼくの説明にびっくりした表情をしながらいった。

「うん。これもみんな野沢さんのおかげだよ。高額賞金の懸賞小説に応募するなら、ありきたりの資料じゃだめだって、あれこれ教えてもらったんだ。だから、ぼくの古書店談義はお父さんの受け売り」

ぼくが笑った。

「本当かしら。脱サラで古本屋をはじめ、組合にも入っていない、うちの父が、そんなに古書業界のことに詳しいとは思えないけどな」

玲子がいう。

「本当だよ。組合に参加していなくても、同業者から情報は入ってくるものさ。といっているうちに、ここが誠実堂だ」

そういいながら、ぼくは間口の広い、いかにも由緒ありそうな古書店の前で、足を止めた。

「玲子さん、どうする？　表でぶらぶらしててくれててもいいし、一緒に中に入ってもいいし……」

「一緒に行くわ。お店の規模なんか、うちとは比較にならないけど、本の並べかたとか見てみたいわ」

「じゃ、一緒に行こう」

ぼくたちは、誠実堂に入ると一階は素通りして二階に昇った。階段を上がりきったところに、二階の帳場があった。客の数は、そう多くはなかった。

「すいません。新撰組関係の資料を探しているんですが……」

ぼくが帳場の男性に質問すると、話が終わらないうちに答えが返ってきた。

「お役にたつ資料があるかどうか判りませんが、あの左端の二列目が時代物のコーナーになっております」

「あ、そうですか。どうもありがとうございました」

　ぼくは軽く会釈して、店員が指さしたほうに歩き出した。

「さすがに由緒あるお店ね。すごく感じのいい応対だわ」

　玲子が感心したようにいう。

「こういう店ばかりだといいんだけれどね。中には二十万円もする本を買ったお客さんに、『どうせ、読みゃしねえのに』と呟いた主人のいる店もあるんだよ。さっきの喫茶店の近くの店なんだ。ぼくは、偶然、それを耳にしたんだけど、だれにでもそういう態度をとるらしくて、いい評判を聞いたことがないよ」

「それで商売になるの？」

　玲子がけげんな顔をする。

「それが、なるからふしぎなんだよね。古書業界というのは……。えーと、このあたりかな。『葉隠辞典』『名将武田信玄』『維新の烈士　飯田武郷翁伝』か」

　ぼくは、古書店の話を中止して、目的の本を探し始めた。玲子も一緒になって探してくれたが、小説の資料になるような本はなかった。

「役にたちそうな資料はないなあ。もう一軒、行ってみよう」

ぼくが本棚から目を離した時、すぐ横のコーナーで、一冊一冊、じっくりと本を見ているサングラスの男性がいた。古書展会場で会った斎藤さんだった。

「斎藤さん」

玲子が声をかけた。

「えっ、ああ野沢さんのお嬢さん。今日は、よくお会いしますねえ」

斎藤さんがいった。

「本当に。お探しものは超能力関係の本ですか？」

「ええ、福来友吉博士の本が必要になりましてね。一冊買ってあるんですが、どこに押し込んでしまったか、どうしても出てこないので、もう一冊、買ってしまったほうが早いと思いましてね。しかし、これもまた、けっこう見かける本なんですが、こうして探すと見つからないものですね。もっとも明治三十年代の本ですから、そうどこにでもあるというものじゃありませんけど」

「福来博士の本というと、御船千鶴子や長尾郁子関係のものですか」

ぼくが口をはさんだ。

「すみません。ぼくフリーライターの馬場と申します。野沢書店のご主人に懇意にしていただいている者です」

「ああ、そうですか。斎藤と申します。よろしく、どうぞ」

「こちらこそ」

「いや、わたしが探しているのは福来博士が、まだ超能力には興味を示していない時代に書かれた催眠術の本で『催眠心理学』というやつです。たしか初版は明治三十九年だったと思いますが。あなたも超能力に興味がおありですか」

「いいえ、斎藤さんには失礼ながら、ぼくは超能力否定派なんです。すみません」

「ははは、なにも否定派だからといって、謝らなくてもいいですよ。信ずるも信じないも人それぞれですからね。おふたりは、まだこれから何軒か覗いて行かれるのでしょ。もし『催眠心理学』を見つけたら、連絡してください。携帯電話というのを持っていないので、家の留守電に頼みます。電話番号は野沢さんがご存知ですから。名刺を差し上げればいいのですが、きらしてしまって」

　斎藤が苦笑いしていった。

「判りました。見つける自信はありませんが、探してみます。価格はおいくらぐらいまでいいですか」

「そう。二万円、いや三万円ぐらいまでなら」

「承知しました。見つけたら買って、連絡いたします」

「よろしく、頼みます。じゃ、わたしはこれで」

　斎藤は、そういうと頭を下げて階段を早足に降りていった。

「金持ちなんだなあ」

ぼくが、その後ろ姿を見ながら、玲子にいった。

「一冊持っている本を、また三万円で買うっていうんだからね。うらやましいなあ」

「お仕事はなんなのかしら」

「資産家の二代目かなにかで、お金が余っているんじゃないのかな。でも超能力の研究っていっても福来博士の明治時代の本を読んでいるんなら、本格的な研究をしているみたいだね」

「福来博士って、そんなに偉い人なの？」

玲子が質問する。

「偉いかどうかは判らないけれど、インチキやブームに乗った研究家ではなくて、本気で超能力の存在を証明しようとした、日本で最初の人なんだ。以前、雑誌の企画で資料を集めたことがあるんで、この人のことはある程度、知っているんだよ。東京帝国大学、いまの東大の文学部で超心理学を研究していたんだ。そんな折りに、あれは明治四十三年だったか四年に、千里眼――いまでいう透視術が出来るという女性が現れ、続いて念写の出来る女性が出現して、福来博士の人生は狂ってしまうんだけどね」

「その話、おもしろそう。それで、福来博士は、どうなったの？」

「それは、いずれまた。話せば長くなるんだよ。それより、もう一軒、付き合ってよ」

「じゃ、今夜、父の店に行って、話の続きをしてくれる。そしたら、付き合うわ」

玲子がいった。

「ぼくは構わないけど、突然、お店にいったら……」

「だいじょうぶよ。食事、二人前多く作っておいてくれるように、母に電話するわ。ね、いいわね」

「う、うん」

ぼくが答えた。


それから、ぼくの小説の参考資料本がありそうな店を二軒覗いてみたが、収穫はなかった。斎藤さんに頼まれた『催眠心理学』も見つからなかった。けれども、ぼくは落胆はしなかった。それより玲子の家で、食事を一緒できるのがうれしかった。

学芸大学駅そばの野沢書店に着いたのは、午後七時だった。

「やあ、久しぶりだね」

店主の野沢勝利さんが、笑顔でぼくを迎えてくれた。

「突然、伺ってご迷惑じゃなかったでしょうか？」

「なに、迷惑どころか、大歓迎だよ。玲子と馬場君がくるのなら、すき焼きにしようということになってね」

「さあさ、こちらにどうぞ」

野沢さんの奥さんも、ぼくをあたたかく迎えてくれる。

「申しわけありません。突然、伺って」

ぼくは野沢さんにいったのと、同じことを奥さんにもいった。

「気にしなくてもいいんですよ。人数が多いほうが食事はおいしいから」

奥さんのことばも暖かい。

「馬場君、遠慮しないで、たくさん食べてくれ。作家になるには、まず体力からだからな。じゃ、とりあえず馬場君の書く懸賞小説が受賞することを祈って、乾杯だ」

「乾杯！」

野沢さん夫妻に玲子、ぼくの四人に注がれたビールのグラスがぶつかり合った。

「朝、電話で新撰組の資料はないかといっていたけど、今度は幕末もので行くのかい？」

野沢さんがいう。

「はい。いままでミステリーばかり応募していたので、今度は時代小説に挑戦してみようと思いまして」

ぼくが答えた。

「時代小説は、資料が大変だろう。時代考証など細かな部分をきちっと押さえないと、なかなか評価されないよ」

「それで朝、野沢さんに電話をかけましたし、古書展や神保町巡りをしたんです」

「そしたら、古書会館でばったり出会ったってわけ。そうそう、お父さん、古書展会場で斎藤さんにお会いしたわ。今度、相談があるので、よろしくいってくださいって」

玲子がいう。

「ほう。そういえば、ここしばらく斎藤さんは、うちには姿を見せないな」

「あのサングラスの超能力研究家のかたですか?」

奥さんが質問した。

「うん。超能力研究なんていうと、ちょっとうさん臭い感じがするけど、あの人の研究はかなり本格的だよ」

野沢さんが、すき焼き鍋を箸でつつきながらいった。

「母さん、もっと肉を入れてくれ。これじゃネギ鍋だ。馬場君、本当に遠慮しないで食べてくれよ」

「はい。いただいています」

「それで馬場さん、さっきの話の続きだけど福来博士はどうなったの？」

「なんだ、玲子。明治時代の千里眼騒動に興味があるのか」

「ええ、斎藤さんの件から、話題が移って福来博士の超能力研究の話になったんだけど、途中でストップしているの。それを聞くために、馬場さんを食事にお呼びしたのよ」

「それじゃ、馬場君が飯に釣られて来たみたいじゃないか」

ビールで、ちょっぴり顔を赤くした野沢さんが笑った。

「事実、そうなんです」

ぼくのことばに、みんなが笑った。

「そんなことはいいから馬場さん、話の先をしてよ」

玲子がせっつく。

「うん。さっきもいったように、福来博士はいまの東大の教授か助教授で、早くから超能力に関心を持っていた。そんな時、熊本に御船千鶴子という千里眼の女性が現れたんだ。義兄に催眠術を教わっているうちに透視術ができるようになったといわれている。なんでも一番最初は、庭の木の裏側の皮の下に虫がいるのを、居間から見つけたそうですよ。それから、海に指輪を落とした人に、その落とした場所を教えてあげたといわれています」

「へえ。すごいんだあ」

　玲子は、箸を止めてぼくの話に聞き入る。

「やがて、それが口コミや地方紙によって、福来博士の耳に入ってね。初めのうちは、封筒に入れた名刺の名前を透視するなどの実験をしていたけれど、やがて鉄瓶の中に文字を書いた紙を入れて実験するようになったんだって」

「成功したの？」

「福来博士は成功したといっているよ。そこで千鶴子さんを呼んで、東京の各分野の博士を集めて、その前で実験させることになった。そうですね、野沢さん」

　ぼくがいった。

「うん。わたしは馬場君ほど、この話には詳しくないけど、たしかそんなことだった。東京帝大総長の山川なんといったかな……」

「健次郎です」

「そうそう、山川健次郎博士や丘浅次郎博士ら、物理学や動物学など当時、第一線で活躍している、そうそうたるメンバーの前で実験したんだ。ところが、そこで実験に失敗するんだな」

　野沢さんが、ぼくの顔を見た。

「はい。鉛の筒の中に三つの文字を書いた紙を入れて、筒の両側をはんだで接着したものを十本だか十五本だか用意し、千鶴子さんに、そのうちのひとつを渡し、透視させるという実験でした。千鶴子は、そのうちのひとつの鉛管を持って別室に行き、数分だか数十分だか精神統一し、透視をしたんです。それで、みんなのいる部屋にもどり、文字は忘れたけれども、三つの文字を半紙に書いた。そこで博士たちが鉛管を鋸で切って、中の紙を引出し、千鶴子の書いた文字と照らし合わせてみると、これがぴったりと一致したんですよ」

ぼくがいった。

「それじゃ、実験に成功したんじゃないの？」

玲子がいった。

「数分間は、みんな成功したと思ったんですよ。ところが、鉛管の中に入れる紙に文字を書いたのは山川博士だったんだけれど、『はてっ』といって、首をひねったんです」

「どうして？」

玲子が、身体を乗り出すようにして質問した。

「山川博士は、その鉛管に入れた紙に書いた文字の控えをポケットにしまってあったんだけども、千鶴子が的中させた文字を書いた覚えはないといって、調べ出した。と、なるほど、その控えの紙には、千鶴子が的中させた文字はなかったんですよ。それで、これはインチキだと、みんなが騒ぎ出したんです」

「でも、はんだ付けされた鉛管の中の紙を入れ替えるなんてことはできないでしょうに、どうやってインチキをやったんですか？」

野沢さんの奥さんまでが、ぼくの話に聞き入って尋ねた。

「そこが問題なんです。千鶴子は、なんとか透視しようとしたけれども、どうしても透視ができない。そこで、前日、福来博士から渡されていた練習用の鉛管を透視したと答えたんですね。山川博士が福来博士に確認すると、その通りだとの答えです。しかし、千鶴子は練習用の鉛管の中の文字も見ていないと福来博士が弁護したんですが、山川博士たちは、これは福来博士と千鶴子が仕組んだインチキだと決めつけてしまった。それで、ふたりの信用はガタ落ちになってしまうんです。数日後に、もう一度、実験をして、今度は成功するんですが、名誉挽回はなりませんでした。そののち、今度は四国の丸亀市に透視ばかりでなく、念写もできるという女性が現れたりして、詐欺呼ばわりされた千鶴子は、翌年の二月だったと思いますが、服毒自殺をしてしまいます。念写婦人のほうは、かなり信憑性があったんですが、この人も、本格的な実験が行われないうちにインフルエンザをこじらせて死んでしまい、結局、真相は判らずじまいでした。福来博士は、なおも超能力の実験を試みようとするのですが、それどころか帝大を辞めさせせられるはめになってしまうんですね。これが、いわゆる明治四十三～四十四年の千里眼騒動といわれる事件です」

　ぼくは、長い説明に、ふうと息を吐いた。

「うまい、うまい。馬場君、どうだ。懸賞小説なんか書かずに、講釈師になったら」

　野沢さんが、手を叩いていった。

「本当、おもしろい、お話でしたわ」

　奥さんも、感心した表情でいう。

「馬場君は、どうして、あの千里眼騒動に、そんなに詳しいんだい？」

「はい。玲子さんには、さっき話したんですが、以前、仕事で超能力特集のムックを作った時、ぼくがこの事件を担当したんです」

「なるほどねえ。わたしは、君の話ほど詳しくはないが、いつだったか、斎藤さんにちらっと話してもらったことがあるんで覚えていたんだよ」

「おもしろかったわ、馬場さん。むりやり食事に引っ張って来たかいがあったわ」

　玲子が、うれしそうな笑顔でいった。ぼくは、その笑顔にほっとした。

「馬場君、その話を小説にしたらどうだい？」

　野沢さんがいう。

「あれっ、野沢さんらしくもないですね。これはもう、小説にしている人が何人もいますよ」

ぼくが答えた。

「そうか。そいつは、わたしの勉強不足だった。さあ、長話で、ろくに飯も食えなかっただろう。どんどん食いたまえ」

ちょっと、お酒の入った野沢さんは、ごきげんだった。

それから一週間ほどたったある日、野沢さんからぼくに電話がかかってきた。例の超能力研究家の斎藤さんが、明日、蔵書の一部を処分したいから家に来てくれというので、手伝ってもらえないかとの打診だった。なんでも段ボール箱二十個分ほどの量の本があるという。そのほとんどが、超能力関係書らしい。ぼくはふたつ返事で、行きますといった。

翌日の午前十時に、野沢書店に駆けつけると、野沢さんが、いつも大量の仕入の時に友人から借りるワゴン車を用意していた。

「おはようございます」

ぼくは店に入って行き、大きな声で挨拶した。

「おはよう、馬場さん」

挨拶を返してきたのは玲子だった。野沢さんが、仕入に行くので、店番のアルバイトを頼まれたそうだ。

「野沢さんは？」

ぼくがいった。

「トイレ。うちの父は朝のトイレが長いのよ」

帳場の玲子が、振り返り部屋の奥のほうを覗き込みながら笑った。

「斎藤さんは、なんで蔵書を全部ではないにしろ処分することにしたのかな？」

「詳しくは知らないけれど、単純に置場がなくなってしまったからしいわよ」

「ふーん。ギャング団の殺し屋、ついに蔵書を処分するか。なんだかトンチンカンだな」

ぼくは自分で自分のことばに、突っ込みを入れた。そうこうするうち、野沢さんが帳場のほうにやって来た。

「おお、馬場君、もう来てくれたか。助かるよ。多くはないがバイト代は払うからな」

「とんでもないですよ、バイト代なんて。仕事を手伝わせていただくだけで充分です。ぼくも斎藤さんには、ちょっと興味があったんです」

「馬場さんたら、このあいだ、神田で出会っていらい斎藤さんのことをギャング団の殺し屋だっていうのよ」

「ギャング団の殺し屋ね。そいつはいい。外見は、そんなふうに見えるものな。しかし古本集めをする殺し屋というのも珍しいね」

「わたしも、そういったの」

「しかも超能力を研究している殺し屋か」

「冗談ですよ」

　ぼくがいった。

「判っているよ。だれも本気でしゃべっちゃいないさ。上等のスーツはともかく、あのサングラスが怪しく見えるんだな。おっと、本を売ってくれるお客さんを、ギャング扱いにしてはいかんね」

「斎藤さんの家は、どちらなんですか？」

「自由が丘の閑静な住宅街だ。ここからなら車で三十分とかからないだろう。十一時に伺う約束だから、もう少し時間はあるな」

　野沢さんが、腕時計に目をやっていう。

「超能力関係の蔵書ばかり処分するそうですね」

　ぼくが尋ねた。

「うん。といっても、もう必要のなくなった本ばかりだそうだ。それでも明治時代の福来博士や渋江保の関係書などもあるらしい」

「渋江保って、だれ？」

玲子が口をはさんだ。

「森鷗外の史伝小説『渋江抽斎』って知っているだろう」

野沢さんがいう。

「わたし、読んでいない」

玲子が答えた。

「ぼくもタイトルだけは知っていますが、恥ずかしながら読んでません」

ぼくが頭をかいた。

「ふたりとも『渋江抽斎』ぐらい読んでおかなきゃ。もっとも、読みづらい作品だけどね。抽斎は江戸時代の医師で書誌学者だよ。鷗外が、この作品を書くまでは、あまり知られていなかったんだが、以後、有名になった。渋江保は、その六男だか七男で、鷗外に資料を提供した人だ。博覧強記で明治二十年代から、ありとあらゆる分野の著書を出している。語学にも優れていて、十五、六歳でカッケンボスの『米国史』を翻訳したという。SFや冒険小説も書いているし、晩年は超能力や易学の研究もした人だ。――と、これは斎藤さんから教えてもらった話だけどね」

野沢さんが、笑った。

「以前に一度、この人のSFを店で扱ったことがあるけど、内容はめちゃくちゃだったね。なにしろ、月世界に旅行するのに女性はセミヌードで宇宙空間を飛んで行くんだよ。当時は宇宙空間には、エーテルという物質が充満しているといわれていて、それに反応する薄いベール状の布を身体にまとうだけで、月に向かえるというんだ。寒さや呼吸は、女性はヒステリーを起こすから、まったく問題はない。それに対して、男はヒステリーは起こさないから、砲弾型の宇宙船で飛んで行く。あんまり馬鹿馬鹿しいから、途中で読むのを中止したよ。でも、本はすぐに売れたね」

「馬鹿馬鹿しいけど、おもしろそうじゃないですか。今日、処分する本の中にも、そんなのがあるんですか？」

「それは、行ってみなくちゃ判らない。どれ、そろそろ出かけようか」

野沢さんがいった。と、その時、玲子がいった。

「お父さん、わたしも連れて行って。斎藤さんの書斎って、どんなだか見てみたいわ」

「書斎を見せてくれるかどうかは、判らないぞ。それに店番は、どうするんだ。店番のために、お前に来てもらったんじゃないか」

「それはそうだけど、本を引き取りに行くあいだだけ、お母さんに店番をしてもらって……。どうせ、お客さんなんか、何人も来ないわよ」

「おいおい玲子。いいたくはないが、お前はだれのおかげで大きくなったんだい」

「もちろん、お父さまのおかげでございますわ。でも、それはそれ、これはこれとして、わたしも行きたいわ。ねえ、お父さま」

「なにがお父さまだ。しかし、お前もいい出したら聞かない性格だからな。育てかたにも問題がなかったとはいえない。よし、今回は特別に連れて行ってやろう」

野沢さんが、あきらめの表情でいう。

「それほど、おおげさなものでもないでしょう」

玲子が、いい返した。

「こら、口答えをすると、連れて行かんぞ」

「いえ。口答えはいたしません……」

玲子が笑いながらいう。

「まったく、この性格はだれに似たんだ。馬場君、玲子というのは、こういう娘だ。よく観察しておけよ」

野沢さんが、ぼくの顔を見ていった。

「は、はあ……」

ぼくは、どう答えていいか判らなかった。

斎藤さんの家は、自由が丘と、その隣町の緑が丘に近い高級住宅街にあった。といっても、特別の豪邸ではない。門の横に自動車を止めて、野沢さんがチャイムを鳴らした。すぐに、ドアが開き斎藤さんが出て来た。その姿は、ぼくや玲子が知っているスーツではなく、鉄錆色の着物だった。ただし、着物姿でも黒いサングラスははずしていなかった。ぼくは着物にサングラスは似合わないと思うと同時に、家でもはずさないことに興味をそそられた。

「いつも、ありがとうございます。処分される書籍を引き取りに伺いました。このふたりは、すでに斎藤さんは顔見知りと存じますが手伝いです」

野沢さんのことばに、ぼくたちは頭を下げた。

「そうですか。つまらない本を引き取っていただくのに、申しわけありませんねえ。どうぞ、お上がりになって下さい」

斎藤さんがいう。

「一応、箱詰めだけはしておきましたが、商品になるかどうか判らないので、テープで蓋はしていません。とりあえず、ご覧になっていただけますか」

「承知しました。では失礼して……」

野沢さんが靴を脱いで、上がり框に足をかけた。ぼくたちも野沢さんに続く。

「こちらです」

案内されたのは、玄関のすぐ脇にある洋間だった。部屋中に古書がうず高く積まれ、その手前に段ボールの箱が、三列にして重ねられている。

「全部で二十三箱ありました。商売になりますかね」

　斎藤さんがいった。

「失礼して、ちょっと拝見します」

　野沢さんは、一番手前の列の右端の段ボールを抱えて、床に降ろそうとした。

「手伝いましょう」

　ぼくが、野沢さんのそばに駆け寄って、その段ボール箱を抱えて床に置いた。

「若い人は力がありますね。わたしは、これだけ並べるのに三日間ぐらいかかりましたよ」

　斎藤さんが、笑いながらぼくの顔を見た。

「ほかに、取柄がないものですから……」

　ぼくも笑う。

「やあ、これは、いい本ばかりですね。ほとんどが明治・大正のものですね。残りの箱も同じような本ですか」

　段ボールの中を見た野沢さんが、めったに見せない、おどろきの表情でいった。

「そうですね。昭和戦前の本も少し混じってますが、だいたいは明治・大正本です。メスメリズム、催眠術、超能力、心理学の本がほとんどですが、中には奇術や怪談本、タイトルに騙されて購入してしまった怪奇小説などもあります。どうですか、商売になりますか？　ならなければ、無料で持って行っていただいてもかまわないんですが」

斎藤さんがいう。

「とんでもありませんよ。これは大変な価値があります。フラマリオンにドイルですか。ヘッケルもありますね。よろこんで引き取らせていただきます。ただ、いま、ここで値付けはできませんので、店に帰って引き取り価格を、ご連絡いたします。明日、いや明後日ごろでもよろしいでしょうか」

「ええ、けっこうですよ」

「それでは、このまま運び出します。馬場君、玲子、手伝ってくれ。少し重いが、わたしが玄関まで運ぶから、馬場君、車まで持って行って、玲子は車の中に整理して並べてくれ」

「はい」

ぼくと玲子が、同時に返事をし、洋間を出ようとした時、野沢さんが斎藤さんに質問した。

「それにしても斎藤さん、こんなに貴重な本を処理して、残りはどれくらいあるんですか？」

「そうですね。正確に数えたことはないけれど、約一万冊はあるでしょうか」

か」

「そうです。もちろん、周辺書もありますよ」

斎藤さんは、少しも得意気なふうもせずにいった。

「うちの店の本を全部集めても、斎藤さんの蔵書にはかないませんね。ところで、ひとつ、お聞きしたいのですが、斎藤さんの考えるところでは、超能力というのは現実にあるのですか？　わたしなんかテレビで、そんな特集番組をやっていても、どうしても信じられなくて。なにかトリックのある奇術のように思えてしょうがないんですが……」

野沢さんがいった。

「わたしは、超能力肯定派です。ただし、それこそテレビや雑誌で特集しているような、なんでもかんでも信じているわけではありませんよ」

斎藤さんが答えた。

「すると斎藤さんは、どんな超能力なら実在すると……」

「千里眼――すなわち透視術ですね。これは、間違いなく、その能力を持っている人がいます。けれど一般の人には奇術と、見分けがつかないんです。いまは奇術も進歩していますからね」

「一万冊。それも全部、ここにあるような超能力研究を中心にしたものばかりです

「透視術だけが実在する超能力ですか？　それは、だれでも練習すれば持つことが可能なんですか」

珍しく、野沢さんが食い下がるように質問した。

「それなんですよ、わたしが、この三十年間、古今東西の超能力関係の資料を買って、素人ながらも研究していたのは……。透視能力は、だれにでもあるものか、それとも特別な一部の人にしかないものなのか」

「結論は出たんですか」

「いいえ。まだです。ただし、透視能力者が実在することだけは、自信を持って証明できますよ。少なくとも日本にひとりはいます」

「日本にひとり！」

「会ってみたいと思われますか？」

「ええ、それはもちろん」

野沢さんが答えた。

「では、お引き合わせしましょう。いま、すぐ、この場で」

ゆっくりとした、そして謎めいた口調で、そういうと、斎藤さんは、おもむろに右手で黒いサングラスをはずした。

「あっ!!」

野沢さんもぼくも玲子も、まったく同時に驚愕の声をあげた。

「どうです。これなら信じていただけますでしょう」

笑いながらいった斎藤さんの両眼は、まるで絵の具でも塗ったように、真っ白に濁っていた。

「生まれつきなんですが、わたしには、ごくふつうになんでも見えるんですよ。まさか、これが奇術とは、野沢さんも思われないでしょう。じゃ、箱の積み込みが終わったら、声をかけてください。わたしは奥の部屋で、一服していますから」

斎藤さんは、サングラスをかけ直し、すたすたと奥の部屋に消えていったのだった。

ぼくたち三人は、ただ呆然として、その場にしばらく立ちつくした。

「なんといったらいいのか、ことばがないね」

野沢さんが小声でいった。

「ええ」

ぼくが答えた。

「段ボールを運び出しましょう」

「そうだな」

三人は、無言で仕事を開始した。

第五話 おふくろの味

「そうか、協力してくれるか!!」

神崎一郎が、満面に笑みをたたえていった。

「あたりまえじゃないか。おまえの結婚話だ。しかも難航している。おれにできることなら、なんでも協力してやるよ」

ぼく——馬場浩一が答えた。神崎のアパートがある東急東横線・日吉駅近くの小さな喫茶店。時刻はかれこれ、午後の五時。神崎とはぼくがフリーターの仕事で以前〈日本の伝統芸術〉というムックの編集を手伝った時、知り合った仲だ。神崎もフリーターとして、ぼくと同じグループのスタッフになり、全国の伝統芸術を取材して歩いた。もう三年ほど前のことになるが、それいらい気があって「おれ」「おまえ」の付き合いをしている。

「でも、おまえは懸賞小説の執筆で忙しいんだろう?」

神崎が、少し冷静な口調にもどっていった。

「忙しいといえば忙しいけれど、暇といえば暇だよ。なにしろ小説は、フリーターとしての仕事の合間に書いているんだから、プロの作家のように一日何枚とか、何時から何時は執筆時間と決めているわけじゃない。それに、いま書いている作品の締切りまでには、まだ二か月以上ある。おれのことはいいから、おまえは自分の心配をしろよ」

　ぼくがいう。

「うん。すまんな。持つべきものはともだちだなあ。ところで、これはおれの問題の参考のために聞くんだが、おまえの古本屋さんの彼女との進展は、どうなんだい？」

「判らないよ。まあ好意を持ってくれていることは、なんとなく感じるけれど、恋人関係でもなし、ほんとうにガールフレンド以上のつきあいじゃないからな」

「だけど、おれの彼女の母親と違って、ガールフレンドの両親は、料理だの家事分担がどうだのと、おまえとのつきあいに別にうるさくはいわないんだろう？」

　神崎がコーヒーをすすりながらいった。

「おかげさまで、ご両親とも、とても親切にしてくれるよ。ただし結婚を申し込んだりしたら、どう態度が変わるかは判らないよ」

「それはそうだろうなあ。でも、おれの彼女のおふくろさんの態度は異常だよ」

　神崎が、また話をむしかえした。

「そうだな。おれも、そう思う。けれど、何度もいったように、かわいいひとり娘を結婚させるなら、幸せになってもらいたいと思うのは親心だろ。それにいまの世の中、夫は会社で働き、妻は家事に専念するなんてのは通用しないからな」

「そりゃ、そうだがね……」

「まあ、まかせておけ。おれが、とっておきの料理の作りかたの本を探してやるから」

「すまん。頼むよ」

神崎が頭を下げた。

そもそもの話はこういうことだった。神崎に、仕事の関係から芳江というガールフレンドができた。両者の親たちも、それを黙認していた。ところが、ふたりの間柄が親密になり、意を決した神崎が結婚を申し込むと、芳江の母親が猛烈に反対し始めたのだ。その理由が変わっていた。芳江の母親は、神崎にも料理作りを手伝えと要求した。

昔と違って、いまは「男子、厨房に入らず」の時代ではないし、神崎は幼い時に母を亡くし、父親との二人暮らしをしていたから、料理を作ることには、なんの抵抗もなかった。けれど、芳江の母親の出した結婚の条件に、神崎はいささか戸惑った。芳江の母親は、豪華料理ではなく神崎家伝来の、これぞという、おふくろの味のする料理を作ってみせてくれと、それこそ口角泡を飛ばして執拗に要求するのだ。そこまで神崎の料理の腕にこだわる理由は、芳江にも判らないという。芳江の父親は、台所には入らないタイプの人間だが、これまでにそれに対して母親が怒ったり、愚痴をこぼしたりしたこともないという。

おふくろの味を知らない神崎には皮肉な結婚条件だった。しかし、理由がどうであれ、その試験にパスしなければ結婚できないのだから神崎も必死だ。そこで神崎は三回ばかり、芳江の家の台所を借りて、神崎家伝来——というほど、おおげさなものではないが——の手料理を披露した。が、芳江の母親は、その料理のいずれにも合格点を出さず、なにがなんでも自分の口に合う料理が作れなければ、結婚はさせないといい張るのだ。

けれど、とにかく神崎は芳江と結婚したかったし、料理作りにも抵抗感はなかったので、それから、あれこれ料理の本を買ってきて勉強した。そして、料理本に紹介されている料理と神崎家の味をミックスした素朴な料理を作ってみせた。だが、芳江の母親は合格点を出さなかったばかりか、「こんなものは、犬の餌だ」と神崎を罵倒したという。

さすがに神崎も、これには、むかっ腹を立てた。こんなことで結婚させないというなら、それでもいいとさえ思った。とはいえ結婚相手は芳江の母親ではなく、芳江なのだ。そこで気を取り直して、親友のぼくに助けを求めてきたというわけだ。ぼくも話を聞いて、なんともふしぎな結婚条件だとは思ったが、なにはともあれ神崎を助けてやろうと決心した。

それで、いつものように、なにか困った時に相談に乗ってもらう、ガールフレンドの玲子の父親、古書店・野沢書店の店主である野沢勝利さんを訪ねることにした。神崎と会った日の夜、野沢さんに電話をして、明日、伺っていいでしょうかというと、いつでもやってこい、料理の話なら玲子も呼んでおこうという、毎度のことながらの親切な返事だった。そこで、ぼくは翌日の午前十一時に、学芸大学駅近くにある、野沢さんのお店を訪ねることになった。

ガラスの引き戸を開けて、店に入ると野沢さんは帳場で店番をしていた。

「おはようございます。また、厄介ごとの相談にきました」

ぼくが頭を下げる。

「歓迎、歓迎。馬場君の持ち込む事件は、いつもおもしろいからね。楽しみにしているよ。おっつけ玲子も、ここへくるはずだ。なにか事件となれば、玲子が首を突っ込まないはずはないので、今日はあらかじめ呼んでおいた。馬場君も、わたしのような、むさいオヤジよりも玲子と一緒に行動したほうが元気が出るだろう⁉」

野沢さんが、にやにやしながらからかう。

「はははは、いじめるのは、このへんにしておこうか。その椅子に座ってくれ。そいつも、だいぶ使い古したので、近々、クッションのいいのを買うからな。おーい、母さん。馬場君がきたんだ。コーヒーでも頼む」

ぼくは、しどろもどろになって、まともな返事ができなかった。

「は、いえ……」

野沢さんが振り向いて、帳場の奥の部屋に向かい、大きな声でいった。

「はーい」

奥さんの声が聞こえる。

「どうだい、懸賞小説のほうは？」

「はい。先日の『新撰組』の話が、第一次選考を通りました」

「ほう。それは、よかったね」

「でも、まだ第二次選考があって、さらに最終選考ですからね」

「自信は？」

「ありません」

「なんだ、そんなことじゃ、だめじゃないか。自分で自分の作品に自信がないなんて。おれのは一番だと思わなくちゃ。男は一度、こうと思ったら……。あっ、いや、これは藪蛇だったな。わたしも、こうと思って脱サラをし古本屋を始めたはいいが、このていたらくだ。はっははは」

野沢さんが、照れ臭そうに頭をかいた。その時、奥さんがコーヒーカップをふたつ、お盆に乗せて帳場に運んできた。

「また、おじゃまさせていただいております」

ぼくが挨拶をした。

「どうぞ、ご遠慮なく。主人も馬場さんがお見えになるのを、いつも楽しみにしているんですのよ。もうじき玲子もくると思いますわ。また、なにか事件ですか？」

奥さんが笑いながらいった。

「はあ。今回は事件というより、友人の応援に野沢さんのお智恵を拝借しようと思いまして……」

「まあ、それはそれは。あなた、馬場さんにお貸しするほど、お智恵がありまして」

「うーむ。……馬場君。この場合、わたしはなんと返事をすればいいんだ」

野沢さんが笑った。

「とにかく、どうぞ、ごゆっくり。馬場さん、お昼ご飯を食べていく時間は、おありなんでしょう」

「は、はい」

「じゃ、なにか、あっさりしたものでも作りましょう。ねえ、あなた」

「うん。玲子もくるし、久しぶりににぎやかな食事になるな」

「すみません。いつも、ごちそうにばかりなって」

「とんでもない。ごちそうなんてほどのものじゃないんですよ」

そう答えて、奥さんは部屋に消えた。ちょうど、それと入れ替わるように、店の扉が開き玲子が入ってきた。

「ごめんなさい。遅くなっちゃって」

いつもどおり、快活な声だ。

「なに、特別、時間を約束していたわけじゃないから、そんなにあわててこなくてもよかったんだよ。それとも、一刻も早く、馬場君の顔を見たかったかい」

「まあ、いやなお父さん」

玲子が、ほほをふくらませた。

「冗談はともかく、今回の事件は、ぜひおまえにも加わってもらいたいと思ってね」

野沢さんが、真剣な眼差しでいった。

「お料理が、どうかしたとかいう、お話らしいけど」

「うん。実はね……」

ぼくが、話のいきさつを説明した。

「へえ。変わった結婚条件ね」

玲子がいう。

「馬場君、村井弦斎という人を知っているかい？」

ぼくの話を聞いていた、野沢さんがいった。

「村井弦斎ですか？　聞いたことがあるような、ないような」

「そうか。それじゃ、まず村井弦斎の何者であるかを説明しなくてはならんな。弦斎は文久三年に三河の武士の子息に生まれた。ごたぶんに漏れず明治維新で生活は貧しくなったが、弦斎は東京外語大学の前身校に入学して、ロシア語の勉強をする。しかし勉強しすぎて体調をこわし、落第のはめを見る。やがて体調がよくなると、片っ端から新聞、雑誌の懸賞論文に応募。そのひとつがアメリカ行きに当選した」

「あっ、思い出したわ。村井弦斎って『食道楽』って本を書いた人でしょ」

玲子がいった。

「もと帝国ホテルのシェフの村上信夫さんが、絶賛して、料理の神髄は『食道楽』に書き尽くされているという意味のことを発言してらした」

「そうだ、そうだ。玲子、よく知っていたな」

野沢さんがいった。

「なんか、テレビ番組で見たような気がするわ」

「なんだテレビか。わたしは、おまえが『食道楽』を読んでいたのかと思ったよ。

『食道楽』はたしか明治三十六年だかに出た本だが、何度か復刊されている。端本が、ここいらにあったはずだが……」

野沢さんは帳場を降りて、右手の本棚の下のほうを探した。

「あった、あった。これだ。『秋の巻と冬の巻』の合本だけで『春と夏』がないが、がまんしてくれ。これは他に例を見ない料理小説という変わった形式を取っていてね。料理のことだけでなくて、弦斎の恋愛観、人生観、教育観なんかも載っているんだよ」

ぼくが、本のページをめくっていると、野沢さんが説明してくれた。

「これを読めば、たいていの料理の作りかたが出ている。馬場君に、この本を貸すから、その友人に見せてやればいい」

「ありがとうございます」

「しかし、友人の相手のお嬢さんの母親という人も、なんとも頑固な人だね。料理作りは口実で、実際はその神崎君という人が嫌いなんじゃなかろうか？」

「それは、ぼくも考えたんですが、神崎の話によれば、嫌われているとは思えないというんです。ただ料理にこだわっているだけだと……。それに嫌って断るなら料理ではなくても、理由はいくらでも考えられるでしょう。なにしろ、料理のことになると、目の色を変えるようですよ」

「ふーむ。いろんな性格の人がいるからなあ」

「それにしても、この本、ほんとうに細かく書かれていますね。いま牛肉の区別というところを、眺めていたんですが……」

〝小山の細君牛の図を見て感服し、

「一口に牛肉と云ひますけれども斯んなに色々区別がありますかネ、腿からお腹へ来まして骨なしフランク、骨附フランクと云ふところがありますネ、これは何う云ふ所です」

お登和嬢「是れはもう悪い処で多く脂身交じりです、然しシチユーするバラーは此の中の肋の方に在るのです、それから復た首の方へ戻つて来てシヨーランド一二三とありますが、是れも肉挽で肉挽器械へかける処です、その下にラツトルランドと云ふ所がありまして、是れはボイルドとコーンビーフに致します、一番下が毎度お話し申すブリスケでボイルドに致しますと極く徳用な所です」〟

「たしかに、こういう小説体で説明してくれると、判りやすいですね」

ぼくがいった。

「そうだろう。この『食道楽』は、さっきもいったが単なる料理本ではないんだ。まさに名作だよ。なにはともあれ、こいつを読んだらどうかな。難問のおふくろの味も作れると思うが……」

野沢さんが、うなずいた。

「あれ、『蛇の味噌漬け』なんて料理がありますよ。えーと、三九八ページと……」

〝細君「爾う伺つて始めて分りました、遠州の或る田舎では蛇の味噌漬を珍味の御馳走に数へるさうですが、蛇の肉は味噌へ漬けてから三年目でないと食べられない、新らしいのはまだ馴れて居ないから毒だと申しますが、馴れないと云ふのはつまり毒質が分解されないと云ふ事ですネ、それに味噌へ漬けるのも矢つ張り毒消しになるので猪の肉を味噌で煮るのと同じ様な訳でせう」

〔註〕西洋料理にも蛇を用ゆる事あり、多くはブランデーに漬けて葡萄酒等にてシチユーにする由、本文と同じ理ならん。

お登和嬢「ハイ爾うに違ひありません、お味噌の蛋白質が外の物の刺激成分を吸収するのでせう、お味噌は豆ですからお豆腐の成分が松茸や初茸の刺激成分を吸収すると同じ様で御座いませう」〟

「すごいなあ。蛇料理の作りかたまで書いてある料理本なんて、現在じゃ考えられませんよ」

ぼくが感心しながらいった。

「しかも弦斎がすごいのは、ただ作りかたを紹介してあるだけでなく、その蛇を例にすれば、なぜ、そういうふうに調味する必要があるかを科学的に説明してあることなんだよ。また、西洋にも蛇料理は存在すると付記までしている」

野沢さんがいう。

「この本を読めば、神崎さんも合格点のもらえる料理が作れそうね。とすると、お父さん、わたしの役目はなんなの？」

玲子が質問した。

「たしかに、おまえのいうとおりだが、なんといっても神崎君は男だ。今度、挑戦する料理が決まったら、おまえなりに微妙なところをアドバイスしてやってもらいたいんだ。おまえ自身の勉強にもなるだろう」

野沢さんが、玲子の顔を見て微笑した。

「あら、お父さんがわたしの料理を認めてくれるなんて……」

「認めてはおらんが、馬場君の親友の一大事だ。当然、首を突っ込むと思ってな。それに、おまえも、そろそろ料理のひとつも……」

野沢さんが、ぼくの顔を見てことばをとめた。玲子が、ぽっと耳を赤くした。

昼食には、野沢さんの奥さん手作りのスパゲッティ・ミートソースをごちそうになった。ぼくが作るのとは、微妙に味が違う。これが、それぞれの家のおふくろの味というやつなのだろう。

「ところで野沢さん。村井弦斎という人は、あんなにおもしろい形式の料理本を書いているのに、ほとんど名前が知られていませんね。ぼくも、これまで気にとめていなかったせいもあるでしょうが、古書展なんかでも著書を見たことがありません」

食後の紅茶をいただきながら、ぼくがいった。

「そう。いまでは、すっかり忘れられた作家のひとりになっているね。たまに名前が出てくると、晩年、穴居生活をしたりしたことから、変人・奇人扱いされることが多いし、古書も最近は見かけなくなったなあ。もっとも、それには料理小説とは別の面から評価、見直しをする人たちが出てきたためでもあるんだ」

野沢さんがいった。

「と、いいますと？」

「なに、この弦斎の『食道楽』は、当時、一説には十数万部も売れたといわれるくらいの大ベストセラーだったんだが、実はそれ以前に『日の出島』という大長篇を書いて、これも素晴らしい人気だったんだよ。もちろん古書業界では、この書名は知られていたけれども、その内容まで、きちんと読んだ人はごくわずかだったんだね。なにしろ単行本で十二冊だからな。ところが最近、この『日の出島』がSF――当時は科学小説といったが――だと判明したんだ。そこで古典SFを研究している若いファングループの連中が、それ以外の弦斎の作品を調べてみると、なんと、おどろくなかれ、正確な数は判らないが少なくとも五十作前後のSFを書いていることが判った。それで一気に古書価が上がり、古書展などでも、ほとんど著書を見ることがなくなってしまったというわけさ」

野沢さんが説明した。

「村井弦斎という人は、全部で何作ぐらいの作品を書いているんですか？」

ぼくがいう。

「わたしも、詳しいことは知らないが、長篇だけでも百作ほどはあるだろう」

「まあ、そんなにたくさん⁉」

玲子も目を丸くする。

「そのうちSFが五十作前後……。それが、最近まで判明していなかったなんてことが……」

「あるんだよ。こういうケースは珍しくもなんともないよ。当時の新聞や雑誌のアンケートなどを見ると、夏目漱石なんかより読者に支持されているんだね。が、現在はごらんのとおりだ」

「なぜ、そんなことになってしまうんですか？」

「それを説明し出すと、明治時代の文学史の検討から始めなければならない。これは、あくまでも、わたし個人の見解だが、まあ、これまでの文学史研究家の怠慢だといわざるを得ないね」

「決まったパターンですね」

ぼくが、ため息をつく。

「弦斎は、どんなSFを書いているの？」

玲子も興味深そうに、膝を乗り出した。神崎のことなど、すっかり忘れてしまったようだ。

「発明発見といったテーマが、多いようだね。わたしも古典SF研究家の書いた文章の受け売りで、『食道楽』以外、ほとんど読んでいないけれども、富士山の頂上に巨大なサーチライトを設置して、関東一円を夜でも昼のように明るくするといったものや、カラー写真を発明する青年の話、恋人の顔の痣を治す研究をする医師の話。日清戦争の予言小説。シベリアに日本とロシアの緩衝国を建国する話。そうかと思うと、明治維新以前に深山に隠れ住んだ武士一家がおり、やがて娘が生まれる。その娘が成長したころ都会から男がやってきて、その一家に時代が変わったことを説明する。そして娘は、男について山を降りるのだが、明治の文明開化の社会を見てびっくりするという、日本版ターザンのような作品もあるという」

野沢さんが、小さく笑いながらいった。

「どれも、おもしろそうな話だなあ。ぼくはSFには詳しくないけれども、最後の女性ターザンの話なんて、ぜひとも読んでみたいですよ」

　ぼくがいった。

「うーん。わたしも弦斎の作品には興味があるが、なにかのツテがないと実物を読む方法がないんだよ。国会図書館とか大きな文学館でマイクロフィルムを読むぐらいかな」

「でも、マイクロフィルムは、読みづらいからなあ」

　ぼくが、いった。

「それにしても、わたし高校でも、いまの大学の文学史でも村井弦斎なんて、名前も聞いたことがないわ」

　玲子がいった。

「だから研究家の怠慢だといったのさ。『食道楽』を除けば、一部の弦斎を評価する研究家に代表作といわれ、大好評を博した『日の出島』は、弦斎最後のSFなんだけれども、あれだけの人気を得たにもかかわらず、以後、弦斎はまったくSFを書かなくなってしまう。古典SF研究家たちにも理由が、判らないらしい。ところで、自慢するのは嫌なんだが、わたしは古典SF研究家たちも知らなかった『日の出島』誕生秘話を、発見して〈日本古書研究〉に原稿を書いたことがあるんだよ。五年ほど前だったかな」

「ええ⁉ お父さんが！」

玲子が、びっくりした表情で野沢さんの顔を見た。

「野沢さんは、なにを発見したんですか？」

ぼくも、おどろいて質問した。

「あの作品はね。弦斎が大隈重信主催の観菊会に招かれた際に、大隈から『日本にはお金を有益に使う小説というのがない。きみ、ひとつ書いてみないか？』といわれたのが、きっかけだったんだそうだ。ある信頼できる資料で見つけたんだけどね。だから、大隈が弦斎に声をかけなければ、代表作の『日の出島』は書かれなかったかもしれないんだよ。とすれば当然、それに続く『食道楽』も出現しなかったかもしれない」

「それは、すごい発見ですね」

ぼくがいった。

「と、わたしも思ったんだ。〈日本古書研究〉といえば、伝統ある古書収集家の愛読誌だし、著名な大学や研究機関の関係者も、かなり読んでいることで知られている雑誌だろ。なにか反応があるかと思ったら、まったく無視されてしまったよ。よろこんでくれたのは、さっきの古典ＳＦ研究会のメンバーだけだったね」

「でも、よく見つけたという評価がないからといって、無視されたともいえないでしよう？」

「それがあるのさ。わたしが、その原稿を書いた、二、三年後に某博物館で〈村井弦斎展〉が開催されたんだが、プログラムにはただの一行もわたしの発見のことは載っていなかったよ。わたしは、発見者として名前を載せてもらいたいと思って原稿を書いたわけじゃないけれども、がっかりしたのは事実だね。お偉いさんたちに場末の古本屋のおやじが書いた原稿など、およびでないと判断されたんだろうな。だからそれ以後、なにか知られていない事実を発見しても、一切、原稿なんか書かないことにしたよ。でも、古典SF研究会のメンバーから、〈日本古書研究〉の発売日に、興奮した電話がきて、その日のうちに、話を聞きたいと店に飛んできてくれた時はうれしかったね……。ま、同じ古本屋のおやじでも直木賞かなんか取らなきゃ、まるで認めてはもらえないね。あっ、いかん。愚痴になってしまった」

野沢さんが、苦笑いをした。

ぼくと玲子が横浜市港北区日吉町の神崎のアパートに到着したのは、午後三時半過ぎだった。

「おい、神崎。元気か!!　今日は強力な資料本と、優秀なアシスタントを連れてきた。おまえの彼女のお母さんがなっとくするような料理を作ってみようぜ」

ぼくがいった。

「いや、すまん。もう資料を見つけたのか。それに手伝って下さる女性まで……。この人が古本屋さんの……」

「そう。野沢玲子さんだ」

「初めまして、野沢玲子です。神崎さんのお話は、よく馬場さんからうかがっております。わたしではかえって足手まといでしょうが……」

玲子がいった。

「とんでもありません。ぼくのくだらない料理作りを手伝っていただけるなんて光栄です。ぼくも玲子さんのことは、よく馬場からお聞きしております。あんな、すてきな女性はふたりといないと、大自慢ですよ」

「おい神崎、よけいなことをいうな。よけいな話をすると協力しないぞ」

ぼくが、口をとがらした。

「あ、いや、すまん……」

神崎がいう。

「で、芳江さんのおふくろさんが、合格点をくれそうな、神崎家伝来の料理は見つかったかい？」

「う、うん。それが、もう三種も披露して不合格だからな。おやじに電話で聞いたんだが、そんなにわが家特別の伝来料理はないといわれたよ。それどころか、そんなわけのわからない条件を出すお母さんのいる、娘さんとの結婚なんてやめろと、意見されてしまった……」

「弱ったな。だんだん話がこじれてくるな。よし、それじゃ、この『食道楽』から、なにか適当な料理を選んで、神崎家の伝来料理だとごまかしてしまおう」

ぼくが、デイパックの中から、例の『食道楽』を取り出した。

「なんだい、それ？」

神崎が質問する。

「村井弦斎という、明治時代の作家の書いた異色の料理本だ。玲子さんのお店のを借りてきたんだ」

「借りてきた？」

「うん」

「そんなに高い本なのかい？」

「いや、端本だしオリジナル版じゃないから、こんなもんだ」

ぼくが後ろ見返しに貼ってある定価表を、神崎に見せた。

「ああ、それくらいの値段なら、おれが買うよ。手伝ってもらう上に、本までお借りしたら玲子さんにも、ご主人にも申しわけない」

「判った。お売りしていいですね。玲子さん？」

　ぼくが玲子に確認した。

「ほんとうは、わたしの判断できることじゃありませんが、父としても、文句ないと思いますわ」

　玲子が答えた。

「よし、売った。金はあとでいいよ。で、さっそくだが、今度はおまえ、どんな料理を作るつもりだ」

「うん。芳江さんのおふくろは、肉が好きらしいんで、肉料理でいきたいと思うんだけどな。明治時代の料理書に、変わった肉料理なんてあるかい？」

「あるある。たとえば蛇の味噌漬けなんてのがあるぜ」

　ぼくがいった。

「いまどきの料理本には、出てないだろう？」

「ないね」

「もっとも、こいつは三年間、味噌に漬けておかなければ食えないそうだ」

「ふーむ。三年は待てないし、いくらなんでも蛇料理でおふくろの味はなあ」

　神崎が唸った。

「そうだろうね。じゃ牛肉料理はどうだ。それも現代の料理法ではなく、明治時代式にやるんだ。そうすれば、いかにも神崎家代々のおふくろの味って感じが出るだろう」

ぼくがいう。

「なるほど。そうしよう。ここは、もうおまえと玲子さんにSOSを出すしかない」

神崎が、祈るような顔で、ぼくと玲子を見た。

「よし、まかせておけ。そこで、まず牛肉を買うところからだが、スーパーなんぞではだめだ。肉専門店にいって、大きなかたまりを買ってくる。この本では、そいつを冷蔵庫に入れずに、軒先にぶら下げておくとうまくなるらしいんだ」

「腐りゃしないかい？」

「いや、それがいいと、この『食道楽』には出ている。とにかく、練習してみよう。おまえ、この本の牛肉料理のページを、よく読んでおけ。ぼくと玲子さんで適当な肉を探してくる。これから三日もぶら下げておくのは不可能だから、事情を話して、この本の料理用の肉を買ってくるよ。近くに肉専門店はあるかい？」

「うん。五分ぐらいのところに……。悪いな」

「そう。いちいち恐縮するな。じゃ、いってくる」

ぼくと玲子は、神崎に店の場所を教えてもらい、肉屋に向かった。

「しかし、いまの肉の保存のしかたと、明治時代では、ずいぶん変わっているんじゃないかしら？」

　玲子がいった。

「それは、そうだろうね。でも、なんとかなるよ。わからないところは肉屋さんに聞けばいいし……」

　ぼくたちは、そんな会話をしながら、牛肉と、その他の食材を買い込んで、神崎のアパートにもどった。

「あっ、お帰り。ありがとう。それにしても、これ、おもしろい本だなあ」

　神崎がいった。

「そりゃそうだよ。元帝国ホテルのシェフが、いまでも参考書にしているというんだからね」

　ぼくが説明した。

「なるほど。古本も馬鹿にできないなあ」

「そうだよ。明治時代の本が、いまでも役立つんだからね。それで、おれも最近、どんどん古書の魅力に取りつかれているんだ」

「そのうえ、古本屋さんのお嬢さんは美人だし」

「おまえなあ。そんな、おれのことをからかっている場合じゃないんだぞ」

「すまん」

神崎が頭を下げた。

「ところで、芳江さんのお母さんは、どんな肉料理が好きなんだ？」

「そこまでは、判らない」

「だったら、この本に作りかたが出ている、バターで焼いた肉を塩とマスタードで食べる変わり種スキ焼きと、牛肉ソボロ飯というのを作ろう。それにマルボントースト。これはスープを取るための牛の脛の骨の髄を箸で突き出して、トーストの上に乗せたものだ」

「なんだか、難しそうだな。調理は、今日はおまえと玲子さんにまかせるよ。おれは、とにかく、それを、しっかりメモして覚え本番に備える」

「そうだな」

「そこで問題なのは、牛肉の食べごろというやつなんだ。スープは新しい肉がいいが、スキ焼き用の肉は、解体してから五、六日たってからのもののほうが味がいいと『食道楽』には書いてある。肉屋さんで話を聞いたところ、現在では製肉過程が異なるので、三日目ぐらいのものが一番うまいだろうということだった。で、現在では一般的には古いといわれている肉を買ってきた。骨髄スープ用は新しいもの。牛肉ソボロ飯にするのも三日目の肉だ。こいつは挽き肉でもいいのだが、赤身の部分を包丁で叩いたほうが、味が出ていいというので、そちらを買ってきた」

そういいながら、ぼくと玲子は、食材を狭い台所に広げた。

「ほんとうは、肉を風に当たらない、涼しいところに、三日ほどぶら下げておくのがいいらしいが、そんな条件の場所なんて、むかしはあったのかね」

首をひねりながら、ぼくたちは料理作りを開始した。

それから、奮闘すること三時間。牛肉料理は完成した。といっても、八十パーセントは玲子の活躍による。

なにかといえば事件に首を突っ込みたがる活発的な性格の玲子だが、さすがに女性だけあって、その手さばきはみごとだった。

料理は、いずれも、おいしかった。高級レストランで食べるのとは、また、ひと味もふた味も違うおいしさだった。

「これだ!! これだよ!! この味なら芳江のおふくろも文句はいうまい。おれも、これから、だんぜん古本を買うぞ」

ワインに酔った神崎が、わけのわからないことをいって、興奮していた。

それから三日がたった。神崎からは、なんの連絡もなかった。だが、ぼくのほうから、あえて連絡はしなかった。神崎の一生が決まるかもしれない話に、たとえ親友とはいっても、こちらからくちばしを突っ込みたくなかったのだ。

と、その夜、神崎から電話がかかってきた。

「おお、神崎か!! どうだ、今回はうまくいっただろう？」

ぼくがいった。けれど、受話器から返ってきた声は暗く重かった。

「それがなあ馬場。先日の牛肉料理が、あんまりうまかったんで、作りかたを忘れないようにと、翌日、芳江の家にいって、同じ料理を作ったんだよ」

「失敗したのか⁉」

「いや、うまくできた。おまえや玲子さんがいなかったので、五時間もかかってしまったが、あの時の味がみごとに再現されたんだ」

「そいつは、よかった！」

「ところが、芳江のおふくろは、今度のはほんとうにおいしい。しかし、あとひとつ、なにか足りないものがある。それは、いわゆる、おふくろの味というものだ。だから九十点はあげられるが、もう十点足りない、というんだ」

神崎がけだるそうにいう。

「なんという因業婆だ。あっ、すまん!! おまえの恋人の母親だったな……」

ぼくが、あわてて、謝った。

「いいんだよ。おまえのいうとおりなんだから」

神崎が自嘲するように答えた。

「それで、おまえどうするんだ？　もう一回、挑戦か。だったら、また玲子さんと手伝いにいくぞ」

「いや、いいんだ。おれにも考えがあって、昨日、芳江のおふくろにアパートにきてもらって、おれなりにくふうして足りない十点分を満足してもらえる料理を完成したんだよ」

「そうか‼　そいつはよかった。やったじゃないか。これで芳江さんとの結婚も決定だ。今夜にでも遊びにいこうか」

ぼくは、自分のことのようにうれしくなり、興奮した口調でいった。

「いや、今夜はちょっと、都合が悪いんだ。で、明日の晩、おれが腕をふるった、そのおふくろ料理を、お前や玲子さん、できれば『食道楽』という古書を教えてくれた野沢さんにも食べてもらいたいと思うんだ。どうだろう」

神崎がいった。

「おれは、まったく問題ないよ。玲子さんと野沢さんはどうかな。これから、電話で連絡してみるよ。おれの予感では、たぶん、だいじょうぶだと思うけれどね」

「ありがとう。じゃ、連絡取ってくれ。それで、きてもらえるようなら午後六時からということにしよう」

「オーケー、判った。じゃ、連絡取れしだい電話するよ」

ぼくは、浮き浮きしながら電話をおいた。それから玲子、野沢さんの順に電話した。玲子は、例の料理作りに参加しただけに、ふたつ返事で食事にいくといった。野沢さんのほうは、たしかに『食道楽』を買ってもらった恩はあるとはいうものの、神崎とは面識もなく渋ったが、村井弦斎紹介の料理の再現を食べてみるのもおもしろいかもしれないと、ぼくがそそのかすと、ついに食事会に参加すると答えてくれた。その返事を、ふたたび神崎に連絡すると、神崎は始めてうれしそうな声を出した。

翌晩、ぼくたちは、いったん野沢さんの店に集合し、三人で日吉に向かった。神崎のアパートは日吉駅から十分ほどの、商店街と住宅街の境目あたりにあった。六時十分前にアパートに到着した。インターホンを押すと、やつれてはいるものの、どこか、この数日とは違う、すっきりした表情の神崎がドアを開けた。間取りは六畳にキッチン、バス、トイレだったが、ドアが開いたとたんに、料理の臭いに混じってプーンと血の臭いがした。が、ぼくと玲子は気にしなかった。あの料理を作るには、せまいアパートでは臭いがしないほうがおかしい。せまい部屋の中央のテーブルには、料理がところせましと並んでいる。ごくりと喉が鳴った。

「おめでとうございます」

玲子が、ぼくとふたりで買ってきた花束を渡すと、神崎は照れた表情で、それを受け取った。

「さあ、入ってくれ。もっとも、あんまり奥に入ると押入れに突き当たっちゃうけどね」

神崎が冗談をいう。しかし、その顔は笑っていなかった。神崎の服装はジーパンに明るいグレーの薄いセーター姿だったが、その全身に明らかに血と判る赤い斑点が飛び散っていた。衣服ばかりではなく、顔、髪にも血の跡がある。ぼくには、牛肉を料理する時に飛び散った血だろうが、まるで生きた牛と格闘でもしたような汚れかたに見えた。

玲子と野沢さんも、顔を見合わせて、口許をゆるめている。

「さあ、適当に座って下さい。この部屋には上座も下座もありませんから……」

神崎が、すっかりにこやかな口調になった。

「うん」

ぼくたちは、それぞれに席に腰を降ろした。

「これが弦斎流スキ焼きか？」

野沢さんが、テーブルの中央におかれたスキ焼き鍋の中をのぞき込んでいった。

「ええ、お醤油を使わないスキ焼きなんです」

玲子が答える。

「ふーん。変わったスキ焼きだな」

やがて、神崎もテーブルの前に座った。

「ほんとうに、今回は馬場君はじめ、みなさんのご協力のおかげで、すばらしい料理が完成しました。どうぞ、召しあがってください。芳江の母親もよろこんでくれると思います」

そういって神崎が、箸を手にした。ぼくたちも、箸を取る。

「あっ、その前に乾杯だ。馬場は酒が飲めないからウーロン茶を買っておいた」

神崎が冷蔵庫から、ビール瓶二本とウーロン茶の缶、それにガラスのコップを運んできた。

「じゃ、乾杯といきましょう。野沢さん、最年長ということで、音頭をお願いします」

「いいとも。では神崎君と芳江さんの幸せを祈って乾杯!!」

「乾杯!!」

ぼくは、ウーロン茶のコップを神崎のコップにぶつけた。そして、ウーロン茶をひと口飲んだ。テーブルの上の料理を見ていった。

「うまそうにできているね。それにしても、芳江さんの母親が足りないという、残りの十パーセントは、どうくふうしたんだい？」

「なあに、かんたんなことさ。肉を変えたんだ。『食道楽』には牛肉と書かれていたけど、それでも不合格なら最後の手段だと思ってね。芳江の母親を、ここに呼び出して、牛肉の代わりになってもらったんだよ。うまいぞ、食えよ」

神崎が肉を口に運びながら、異様な視線で、ぼくにいった。

「おい神崎!!　芳江さんの母親を牛肉の代わりにしたって……。すると、この肉は……」

ぼくがいった。

「そうだよ。この肉はね。あのこうるさい芳江の母親の肉だよ。これなら、文句もあるまいと思ってね。しかし、肉をさばくのに苦労したよ。年寄りのくせに暴れてね。この血飛沫を見てくれ」

神崎はセーターに点々と跡のついている、黒いしみを見ていった。その口調は尋常ではなかった。

「さあ、食えよ。ほんとうにうまいぞ。おふたりも、遠慮なさらないで。なにしろ、正真正銘のおふくろの味が出てますからね。でも、みなさんは運がいいですよ。この特別料理が食べられて。芳江の母親なんか、あれだけ文句をいい続けて、結局は、この料理を味わうことができなかったんですからね。ついてませんね。でも、きっと今度は合格点をつけてくれたと思いますよ。どうしたんですか？　どんどん食べて下さい。肉はまだいくらでもありますから……」

神崎は人肉スキ焼きをぱくつきながら、うつろな眼差しでいった。

「神崎、おまえ……」

「なんだよ。とにかく、肉を食いながらしゃべろうぜ。おれの一世一代の料理なんだからさ。それにしても、あの『食道楽』って古本がなかったら、この料理は完成しなかったね。これから、おれも古本ファンになるよ……。おい、どうしたんだよ。だれも料理に手をつけないで、食ってくれよ。ほんとうに、うまいんだからさ……」

第六話

老登山家の遺書

その日、四月中旬の金曜日の午後七時ごろ、ぼく——馬場浩一は、ひどく不機嫌な気分で東急東横線の学芸大学駅の近くにある古書店・野沢書店に向かっていた。なぜ、その時、ぼくがそれほど不機嫌だったかといえば、せっかく神田神保町の古書会館で開催されている古書展で安く買った、資料本を無くしてしまったからだ。しかも、あろうことか一冊の半分だけ無くしてしまったのだから、ふてくされたくもなる。

相変わらず定職にもつかず、フリーターをやりながら小説家を目指して、懸賞小説に応募しているぼくは、古書展に資料本を探しにいった。今度、書こうとしている応募作品は山岳小説だった。高校時代、少しだけ登山部に所属していたので、そのころの体験をいかして〔新人文学賞〕に挑戦するつもりでいたのだ。

山岳関係書というのは、意外に収集家が多く、価格も高くて、古書展などに出品されることも少ない。目録販売などでも、この分野で著名な小島烏水(うすい)『日本アルプス』四冊揃いなど、安くても高級パソコン一台分ぐらいの定価がついているのがふつうだ。

ない。
そのほか冠松次郎、藤木九三らの書も、フリーターのぼくには、なかなか手が出せ
だが、ぼくが欲しいのは懸賞小説執筆の資料だから、そういった稀覯本である必要はない。日本アルプスを舞台にしようと考えているので、その登山術のようなことが書かれていれば充分だ。ただし、時代を明治末期か大正時代に設定したいので、どうしても当時の登山術が記された資料という条件はあった。

時間をかけて各出品店の棚をていねいに見て歩いたが、「これだ」と思う資料本は無かった。あきらめかけ始めた時、最後から二軒目の書店の棚で『木曾の神秘郷』という、二百ページほどの新書変型の小型本を見つけた。著者は村井弦斎で、大正九年刊行の書だ。弦斎が妻と娘の米子と三人で、南アルプスの御嶽山に登頂した登山紀行書で、非常に判りやすく、風景描写なども頭の中に浮かんでくるように書かれている。

村井弦斎といえばSF作家、特異なグルメ小説作家として『食道楽』で名を残しているが、娘の米子は、のちに女性登山家の先駆者として知られ、日本人女性で最初に奥穂高岳、槍ヶ岳の登頂に成功した人物として、多くの登山関係書に記されている。といっても、小説執筆資料を読んで、最近、得た知識だから、まだ真の村井米子像は把握していない。各書で知った情報の受け売りだ。

ぼくが手に取った『木曾の神秘郷』は、カバーのない裸本で背が割れかかっていた。

美本どころか並本とすらいえない傷み本だ。それで安かったに違いない。けれど、ぼくは内容が読めればいいのだから、傷みにはこだわらず、結局、その本を買うことにした。

神保町駅から地下鉄・半蔵門線に乗ると、幸いにして空席があった。さっそく『木曾の神秘郷』を読み始める。ぼくのアパートは東横線の武蔵小杉駅から徒歩五分のところにあるので、渋谷駅で乗換えなければならない。電車内はラッシュ時にかかり、永田町駅あたりから、かなり混雑してきた。だが、ぼくは本を読み耽っていた。やがて電車が停まったある駅で、乗降者が大きく動いた。そこで本から視線を窓の外に移すと、乗換え駅の渋谷ではないか。

読みかけの本を手提げ袋にしまう余裕もなく、ぼくは座席からバネ仕掛けの人形のように立ち上がりドアのほうに向かった。その時には、もう降車する人々に代わって、多数の乗車する人々がドア周辺にひしめいていた。

「すいませーん。降ります。降ろしてくださーい!!」

ぼくは恥も外聞もなく怒鳴りながら、乗り込んでくる人々の波に逆らい、流れをかきわけて、必死でドアに辿りつき、どうにかホームに降り立った。

(ひゃー、まいったな。危うく降りそこねるところだった!!)

ふうーっと大きく息をついて、ふと右手に持っていた本に目をやった。そして、思わず本を見つめ直した。それもそのはずだ。なんと、読みかけていた『木曾の神秘郷』は、割れかかっていた背の半分以降、約百ページがちぎれて無くなっていたのだ。すぐに足元に目をやったが、落ちてはいない。電車が走り去ったあとの線路部分も、しゃがみ込んで見渡したが、発見できなかった。降りる時、手提げ袋に入れておけばと思ったが、すべては後の祭りだ。本の後半部は満員電車とともに、走っていってしまったのだ。万事休す‼　駅の事務室に「いまの電車に、古本の半分だけ落としました。探してください」と、いいにいく勇気も気力もなかった。

自分自身のうかつさにうんざりしながら、東横線に乗ったが、手元に残った半分の本を見ると、そのままアパートに帰る気がしなくなってしまった。そこで、この二年ほど前から懇意にさせてもらっている、学芸大学の古書店・野沢書店の店主、野沢勝利さんのところに立ち寄ることにしたのだった。

重い足を引きずりながら店に入ると、野沢さんは帳場で新入荷したらしい本に値付けをしていた。

「こんばんは」

ぼくが声をかけると、野沢さんが顔をあげた。

「おお、馬場君か。珍しいね。電話もしないで突然、現れるとは」

「はい。失礼ないいかたですが、今日はお伺いするつもりはなかったんです。ところが、せっかく古書展で買った本を無くしてしまい、気分が晴れないので、おじゃまを承知で伺いました」

「なるほど。時間潰しか。結構、結構。わたしも、今日はまるで初夏のような暑さだし、例によって例のごとく、お客さんもこないので、さっきまで、ぼんやりしてたんだ。そしたら、近所の高校生がマンガ本を持ち込んできたんで、遊んでるよりはましだと、値付けをしてたところだよ。残念ながら玲子はきてないが、飯でも食っていけよ。母さん、馬場君がきたんだ、夕食一人前追加してくれないか」

野沢さんが、後ろをふり向いて住居の、居間になっている奥の部屋に声をかけた。すぐに野沢さんの奥さんが、姿を現した。

「いらっしゃい、馬場さん」

「おじゃましてます。ですが、食事は結構ですから……」

ぼくがいった。

「いいんですよ。遠慮なされなくても。今日は外出してたんで、まだ準備もしてなかったから、ちょうどいいわ」

奥さんが笑顔でいった。奥さんは某流派の名取で、週に二度、日本舞踊を教えに区のコミュニティセンターに通っている。

「そうか。まだ食事の準備前か。じゃ、今晩は久しぶりに店屋物でも食おう。ほら、昨日だか一昨日だか、チラシを配りにきた新規開店の鰻屋があったろう。あの店に出前を頼んでみよう。代金はわたしが払うよ」

野沢さんがいう。

「馬場君、鰻は嫌いじゃなかったね？」

「はい。大好物ですが、突然、伺ってそんな……」

ぼくは、ちょっと困って答えた。

「なに、くるたびに、いつも鰻を食うわけじゃなし、たまには母さんにも楽をさせてやらなきゃな」

「あら、まあ。今夜はまた、なんと優しい旦那さまでしょう？　雪でも降るんじゃないかしら」

奥さんが、野沢さんの顔を見て茶化した。

「なんだ。せっかく、ご馳走するといっているのに……。だったら、中止にしようか」

「いえいえ。いまのはわたしの失言です。あなたは、いつも優しい旦那さまですよ。……冗談は抜きにして、今夜は出前だと助かるわ。ちょっと風邪ぎみなんですよ」

「じゃ、ちょうどいい。鰻重でも頼んでくれ。特上をな。店の本がちっとも売れないところに、母さんに病気にでもなられたら大変だ。栄養をつけなけりゃ」

野沢さんが、本心から奥さんを気づかうような口調でいった。

「それでは、お言葉に甘えて……」

奥さんが、部屋の奥に姿を消した。

「あれにも、苦労をかけっぱなしだからな……。ところで馬場君。さっきの古書展で買った本を無くしたって、どういうことだい？　まあ、その椅子に座って」

ぼくは、帳場の脇にある小さな木製の椅子に腰を降ろした。そして、手提げ袋から後ろ半分が無くなってしまった『木曾の神秘郷』を取り出して、その一部始終を説明した。

「はっはははは。笑ってはきみに申しわけないけど、それは傑作だね。わたしも商売がら同業者やお客さんなどから、いろいろと古書にまつわるエピソードを聞くけど、本の半分だけ紛失したっていうのは初めてだよ」

野沢さんが、珍しく大きな声で笑った。

「そんなに例のない事件なんですか？」

ぼくは野沢さんの大笑いに、胸につかえていたもやもやが消えていくような気持ちになって質問した。

「珍しいだろうね。三冊本のうちの一冊とか、分冊形式で函に入っている本の一部が抜け落ちたという話は聞いたことがあるけどね。いくら傷みの激しい古本とはいえ、一冊の半分だけ無くすことなんて、まずないよ」

　野沢さんは、よほど話がおもしろかったらしく、まだ、クスクス笑っている。おかげで、ぼくも自分で自分のドジに腹を立てていたのが、馬鹿馬鹿しくなってしまった。

「じゃ、今度、書く予定の小説に、このエピソードを入れてみましょうか」

　ぼくがいった。

「うん。冗談じゃなく、ストーリイが古書に関係する部分があったら、小さなエピソードとして入れてみたらいいと思うよ。今度、きみが書く作品が、どんなタッチかは知らないが、たとえ山岳小説でも、ちょっとは口許のゆるむような場面があったほうが、選考委員もホッとするんじゃないかな。あくまでも、わたしの独断的な意見だが……」

　今度は、野沢さんが、まじめな口調でアドバイスしてくれた。

「そうですよね。どんな小説でも、なにか一か所ぐらいユーモラスな場面がないと、読むのが辛いですよね」

　ぼくが答えた。そして、続けた。

「あっ、そうだ。このエピソードを、ストーリイの重要な部分に持ってくるという手もありますね。たとえばアマチュアの登山家が、古本の登山ガイドを持って山に登ったところが、途中で本を半分無くして、次の行動が取れなくなる、とか」

「いや、それには反対だな。山岳ミステリイなら、おもしろい伏線になるかもしれないけれど、アマチュア登山家が古いガイドブックを持っていくということはないだろう。やはり、ちょっとしたエピソードとしてあつかったほうが、選考委員の印象をよくさせるような気がするね」

「判りました。じゃ、エピソードに使ってみます。でも、野沢さんをお訪ねして、よかったですよ。高くはなかったとはいえ、本を一冊、無駄にしたと思っていたのが、小説に使えるようになったんですから。……でも、この本、資料としてじゃなくても、読んでいておもしろかったのに、悔しいなあ」

ぼくは『木曾の神秘郷』に目を落とし、肩をすくめた。

「うちにあれば、進呈するんだが、結構、珍品でね。わたしも裸本を一度、あつかっただけだよ。セドリ屋が、棚に並べて三日もたたないうちに買っていっちゃった。まあ、気を落とすなよ。今度、入荷したら、すぐ連絡するから。もっとも、そのころには作品は完成してしまっているかな」

野沢さんは、ぼくの肩を軽く叩いた。

「どうしても読みたければ、国会図書館や大きな図書館にはあるだろう。手元になければ気がすまないかい。なんなら、友人にインターネットで検索してもらおうか？」

「いえ。そこまでは執着してません。もし無くした部分が必要になったら、自分で図書館にいきますから」

ぼくは顔をあげていった。

「うん。それが一番いいだろう。ところで、今度、きみが書くのは、どういう山岳小説なんだい？　山岳ミステリイか山岳冒険小説か、またはノンフィクションノベルか……」

野沢さんが質問した。

「はい。最初は冒険小説と思ったんですが、そのタイプは応募が多いんじゃないかと考えたんです」

「なるほど」

野沢さんが、興味深そうな表情でいう。

「それで、時代を明治か大正時代にして、おきゃんな女学生が数人で、まだ女性は登頂に成功していない日本アルプスに登るという、青春小説にしようかと思ってるんですが」

「ほほう。おもしろそうだね。目の付けどころがいいじゃないか。山岳小説だと、やはり八甲田山の遭難の話とか、エベレスト登頂の吹雪との闘いとか、そういうイメージが強いものな。明治か大正の女学生の登山小説というのは、きっと応募作品の中でも異色だと思うよ」

「野沢さんも、そう思いますか‼」

「思う、思う！　今回は入賞、おおいに脈ありだね。ただ、時代考証を慎重にやらないと、ポカをするよ。わたしも、そんなにたくさん山岳書を読んだわけではないが、むかしの登山は男でも、相当難しくて、装備なんかも現代とは、ぜんぜん違うからね。ましてや、それが女学生となったら、新聞のニュースになるぐらいの事件だったのだから」

「なにか、いい参考資料はありますか？」

「たぶん、もう、きみも読んでいるだろうけど、日本の登山史に名を残している小島烏水や冠松次郎など、黎明期の登山者の本の幾つかは文庫になったり、復刻版が出ている。それから、イギリス人牧師で登山家、日本アルプスの父といわれるウォルター・ウェストンの『日本アルプス』は必読書だね」

「『日本アルプス』は、先日、買いました」

「そうか、じゃ、これは持ってるかい？」

野沢さんは、そういって帳場から立ち上がり、サンダルをつっかけて、旅行ガイドブックや紀行文書を並べてある書棚の前にいき、一冊の本を引き抜くと、ぼくに渡してくれた。それは、『W・ウェストンの信濃路探訪』という本だった。

「これは読んでません」

　ぼくが答える。

「そうだろう。その本は地方出版社が刊行したもので、あんまり大きな書店には置いてないんだ。著者には失礼ながら文章は、やや難ありだが、視点はおもしろいよ」

　野沢さんが、ふたたび帳場にもどっていった。ぼくは、価格を確認した。高くない。

「これ、買わせていただきます」

「なんだ、水臭いな。きみから金をもらおうなんて思っていないよ。あげるよ」

「でも、値札の付いた商品ですから」

「いいって。この店の主人のわたしがいうんだから、黙って受け取りたまえ。その代わり懸賞小説に入賞したら、アドバイス料を、がっぽりもらうことにしよう」

　野沢さんが、笑いながらいう。

「いつも、すみません。じゃ、遠慮なく」

「うん。それと、すぐに売れてしまったが、五、六年前に女性登山史書が出たはずだよ。タイトルは忘れてしまったけどね。思い出したら連絡してあげよう」

「ありがとうございます。ぼくも、また神保町にいって探してみます」

「そうだね。神保町の大きな書店なら、まだ、置いてあるかもしれない。それにしても、鰻重は遅いなあ」

野沢さんが、眉根にしわを寄せていった。

その夜、アパートに帰ったぼくは、深夜三時ごろまで『木曾の神秘郷』の残った前半の、読み残し部分と、野沢さんにもらった『W・ウェストンの信濃路探訪』を、じっくりと読み込んで床についた。自分の稼ぎでは、めったに食べられない、特上の鰻重をご馳走になったぼくは、いつもよりぐっすり眠り、目を覚ましたのは午後一時だった。

洗顔して、軽い食事をすませ、前夜、野沢さんに教えてもらった女性登山史書を、神保町に買いにいこうと服を着替えていると、部屋の隅の電話が鳴った。

「はい。馬場ですが」

ぼくは送受話機を取っていった。

「ああ、馬場君、いたか」

それは野沢さんの声だった。

「あっ、野沢さんですね。昨晩は本をいただいたり、鰻をごちそうになったり、ほんとうにありがとうございました」

「なに、そんなことは、どうでもいいんだ。それより、今日、時間あるかい？」

「ええ。これから野沢さんに教えていただいた、女性登山史の本を買いにいこうと思っていたところですが、別に急ぐわけではありません」

「そうか。じゃ、ちょっと吉報があるので、これから店まできてくれないか？　きみの懸賞小説の資料にも関係があることなんだ。それに今日は、玲子もきているし」

玲子というのは、野沢さんの次女で大学二年生。一応、ぼくのガールフレンドということになっている。学校近くのアパート住まいだが、お金が無くなると、野沢さんの店にやってきて、押し掛け店番をするのだ。明るく、好奇心の強い女性で、ぼくや野沢さんと一緒に、いくつかの奇妙な事件に係わったりもしている。野沢さんは玲子が、ぼくと付き合っていることは知っているが、反対をするようすはない。

「判りました。これから、すぐ出ますから三十分ほどで着くと思います」

ぼくは電話を切ると、急いで着替えをすませて外に出た。電車のくるタイミングがよく、野沢さんの店まで二十五分ほどしかかからなかった。

「やあ、ずいぶん早くこられたね。それとも、飛んでくる理由があったのかな？」

帳場から離れて凸凹になった本棚を整理していた野沢さんが、上がり框（かまち）に腰掛けている玲子のほうに、ちらりと視線を向けて、ちょっと首を傾けた。

「まあ、嫌な、お父さん！」

玲子が、ぷっと頰をふくらませる。

「なにが『嫌な、お父さん！』だい？　わたしは、おまえのことなど、なんにもいってないじゃないか」

野沢さんは、わざととぼけた口調で玲子をからかう。

「いいわよ。お父さんが、そんなこといって、わたしのことといじめるんだったら、歳とって寝たきり老人になっても、めんどうみてあげないから」

「おい、玲子。おまえは、わたしが寝たきり老人になったら、めんどうみてくれるつもりだったのか⁉」

野沢さんが、ほんとうに驚いたように聞き返した。

「そうよ。だって、お姉さんは大阪にお嫁にいっちゃって、たぶん、もどってはこられないでしょ。それなりに、お父さんのこと考えているんだから、今日のアルバイト料、いつもの倍にして‼」

玲子がいった。

「やれやれ、ちょっと、褒めると、すぐこれだからな。老後のめんどうをみてくれるのはありがたいが、それは当分、先のことだ。アルバイト料のプラスアルファも、その時、払うことにしよう。それより早く、帳場に座ってなさい。わたしは、これから馬場君と、商品を仕入れにいかなくちゃならないんだから」

野沢さんがいった。

「大量に売りたいって、お客さんがきたの？」

玲子が、つまらなそうに、それでも野沢さんのことばにしたがって、帳場に座りながら尋ねた。

「そうなんだ。おまえ、会ったことなかったかな。三丁目の大きなお屋敷のような家に住んでいる、崎山さんという老人でね。二、三年前までは、よく店にもきてくれたんだが、ここんとこ、とんと、ごぶさただと思っていたら、今朝、蔵書を千冊ほど処分したいと電話があってね。……すまんな、馬場君。それを説明もせず、いきなり呼びつけてしまって。アルバイト料は払うよ。なにしろ千冊となると、ひとりで作業してたんでは、時間を食ってしまうし、わたしも最近は歳で、とても運び出せる自信がない。それで、きみに手伝ってもらおうと思って電話したんだ」

「もちろん、手伝いますよ。それにアルバイト料なんていりません。昨晩だって、本をいただき、ご馳走になっているんですから。小説は、いつまでたってもうまくなりませんけど、力仕事なら野沢さんより強いと思いますよ」

ぼくが笑った。

「うん。頼りにしてるよ。さっき、近くの友人から、ワゴン車を借りてきたんだ。あれなら、千冊ぐらいは積み込める」

野沢さんが、隣りの家との境に止めてある銀色のワゴン車を目で示していった。

「きみ、免許証持ってたな？」

「じゃ、すまないが、運転してくれ。わたしは、このところ車に乗ってないので、運転するのがこころもとない」

「はい」

「判りました。ぼくも、たまに友人の車を借りて走る程度ですが……。場所は近いんですか？」

「ああ、うちが一丁目で、相手先が三丁目だから、車ならせいぜい五、六分だ。多少、道が混雑していても十分まではかからないよ」

そういって、野沢さんは車のほうに歩きだした。ぼくも、それに続く。

「ひとつ質問していいですか」

「なんだい、あらたまって」

野沢さんが、ぼくの顔を見た。

「さっき、電話で、ぼくの小説の資料にもなるといわれたのは……」

「ああ、あれか。実はね、蔵書を処分したいという崎山さんは、世間一般には有名ではないけれど、若いころから世界中の山を登り歩いた、超ベテラン登山家で、山岳書の収集家でもあるんだよ。で、今朝、蔵書を処分したいと電話が入った時、ちょっと、きみの小説の資料に使えそうな本の心当たりがあったんで、その書名をいったら、それも処分したい本の中に入っているといわれたものでね。それも含めて、きみに声をかけたんだ」

「そうだったんですか。すみません。わざわざ、声をかけてくださって……」

「なあに、同じアルバイト料を払うなら、気心が知れているきみに頼みたいと思ってね。でも、その半分ぐらいは、玲子とのデート代になってしまうんだろ。あの通りのじゃじゃ馬だが、親の口からいうのもなんだが、根は優しい娘だよ。馬場君とも気が合うようだ。わがままに、付き合ってやってくれ」

「そんな、野沢さん……。ぼくのほうこそ、これまで、ご挨拶もせず玲子さんと、付き合わせていただいて……」

「まあ、その話は、今日はこれまでにしよう。きみも玲子も若いんだ。これから、まだ時間は、いくらでもあるからね。じゃ、運転を頼むよ」

野沢さんは、話題を変えて、ワゴン車の助手席のほうにまわった。


蔵書を処分するという崎山老人の家は、野沢さんの話通り、そのあたりでは二百坪ほどもありそうな大きな敷地内にあった。建物は、総檜造りで古いものだったが、手入れがよくほどこされており、傷んではいなかった。どっしりした鉄門は、電話で約束がしてあったらしく、錠は掛かっていなかった。ぼくたちは、門柱の脇に車を止め、きれいに刈り込まれた庭の木々を見ながら踏み石を踏んで、玄関まで歩いていき、チャイムを押した。

「いやあ、ごぶさたしておりますなあ、野沢さん」

すぐにドアが開いて、品のいい白髪の老人が、にこにこ笑いながらいった。世界中の山を登り歩いた人物というので、ぼくは、もっと、がっしりした姿を予想していたが、意外に小柄で華奢な体型だった。ただ、顔にはあまりしわもなく艶があり、まだ六十歳代くらいに見えた。野沢さんの話だと、もう八十歳を超えているということだから、二十歳も若く見えた。これは、やはり若いころ登山で鍛えた結果の現れだろう。

「こちらこそ、いつも、お買い上げいただきながら、すっかり、ごぶさたしてしまいまして、面目もありません。にも拘らず、当店にご蔵書の処分をお任せいただけるとお聞きして、早速、参上したようなしだいです。あっ、それから、彼は当店と家族同様に付き合っている、作家志望の文学青年、馬場と申します。処分される本が多いとのことで、手伝いに連れてまいりました」

野沢さんが、その老人――崎山幸次郎さんに、ぼくを紹介した。

「馬場と申します。よろしく、どうぞ」

ぼくが頭を下げた。

「いやいや、こちらこそ。あなたは作家志望ですか。それなら、野沢さんとは意気が合うでしょう。野沢さんは、自分のことを能のない脱サラ古本屋と謙遜しておるが、人柄はいいし、よくあつかわれる本の著者の勉強などもされておられるから」

崎山老人が、笑顔を崩さず張りのある声でいった。

「山岳関係書なども……」

「崎山さん、その話はこのへんで、処分される蔵書のほうを」

めったに、あたふたしない野沢さんが、いかにも照れくさそうに崎山老人のことばを、さえぎった。

「はっははは。そうでしたな。今日は山岳書談議ではありませんでしたね。どうぞ、お上がりください。書庫に、ご案内いたしましょう」

「では、失礼させていただきます」

野沢さんとぼくは挨拶をして、廊下にあがり、崎山老人のあとについていった。家の中は、寒いほどに冷えていた。この日も、前日に続いて四月にしては、かなり暑い日ではあったからエアコンの冷房を利かせていたのかもしれないが、それにしても、あまりにも冷やしすぎではないかと、心配したくなるほどの冷たさだ。

「すごく冷えてますね」

ぼくが、声をひそめて野沢さんにいった。

「うん。寒いくらいだな」

野沢さんも、ぼくと同様に感じたらしく、呟くように答えた。

「ちょっと寒いですかな？」

ぼくたちの会話が聞こえたとは思えなかったが、やや、間をおいて崎山老人が振り向いていった。

「若いころは雪山ばかり登っておったので、どうも暑さに弱くなってしまいましてな。それに加えて、家内は東北の雪国育ちで、わたしより、もっと暑がりで冬でも暖房を使わんぐらいですよ。さすがに、わたしも真冬には家内に付き合いきれんので、別の部屋で暖房を入れておりますがね。……書庫は、それほど寒くはないので、もう少し、ご辛抱くだされ」

「いえ……」

野沢さんが、答えにならない返事をする。広い家で、廊下は長かった。ガラス窓のない障子が、ぴたりと締め切られている部屋の前を五つほど通りすぎて右に曲がると、やっと異常な冷たさが消えた。その廊下の先に、大きなドアがあった。そこが書庫らしい。

「さあ、ここです。どうぞ。中にお入りください」

崎山老人はドアを開けると、ぼくたちを迎え入れた。それは立派な書庫だった。広さは二十畳ほどで、天井まで届く木製スライド式の大型本棚が三十本ほど並び、そのいずれにも、びっしりと古書や新刊書が詰め込まれている。図書館や著名な蔵書家の書庫を、多少なりとも見ている人間には、それほど驚くような広さではなかったが、本の判型などは、それぞれの棚に、きれいに揃えて並べられており、庫内にはなんともいえない優雅さが漂っていた。

「ご立派な書庫ですね。これ全部、山岳関係書ですか？」

野沢さんがいった。

「いや、わたしは文献資料の研究家ではないから、山岳書ばかりではありませんよ。山岳関係書は、そう、全体の三分の一ほどで、あとは、まあ関係あるといえばあるかもしれないが、旅行記や海洋関係の本、スポーツ本、探検・冒険小説、探偵小説――いや、最近はミステリイというんでしたかね――そんなものと、好きな作家の作品集とか、まったく一貫性がなくてね。まあ、部屋と書棚だけは見栄えがするかもしれんが、並んでいる本は雑本ばかりですわ。あっ、これは失礼を申しあげてしまいましたな。この書棚の中には、野沢さんの店で購入した本も並んでおるんだった。失言、失言」

崎山さんが笑いながら、頭をかく。

「いえ。事実、当店でお買いあげいただいた本は、珍しくもない雑本ばかりでしたから……。ですが、他店で求められたものの中には、めったに業界の市にも出ない稀覯本がございますね」

野沢さんが、さすがにプロらしく、さっと書庫内の本を一瞥していった。

「そうですかね。この中にも多少は珍しい本がありますか。うそいつわりなく、これらの本は、みんな安物ばかりですよ。歳をとってからは、考えも少し変わりましたが、若いころは本より、実際に登山することに金をかけておりましたから、高い山岳書など、買う金はありませんでしたし」

「しかし崎山さん。崎山さんが安く買ったのは、いまから五十年も六十年も前のことでしょう。当時は安い雑本でも、半世紀たてば稀覯本になりますからね」

「ああ、なるほど。いわれてみれば、そうですな。わたしが山岳関係書を買い始めたのは、中学生時代だから、当時は新刊でも、いまは古書になっているわけですな。となると、中学生時代に買った古書は、刊行から、九十年も百年にもなるものもあるということになる計算ですか」

崎山老人が、なっとく顔でうなずいた。

「その通りです。しかも、崎山さんが買われて本棚に並べておられる本の中には、少部数のものもあり、それが関東大震災や太平洋戦争の空襲でほとんど焼失し、現在では極めてわずかしか残っていない高価なものもあるんですよ。これなんか、いま専門店でもガラスケースに納められているような超稀覯本です」

野沢さんが、目の前の本棚に並べられている一冊の山岳関係書を、指で示して説明を続けた。

「やあ、やはり野沢さんは善人ですなあ。わざわざ、わたしが気がついていなかったことを説明などせずに、こんなのは雑本だと安く買い取ってしまえば、儲けが大きくなるものを」

「いや、それは善人とか悪人とかいう区分けではなく、古本屋という商売をやっている者の、最低限のマナーですよ。いくらかは、そんなふうに調子よく、処分なさるかたに稀覯本であることを教えず、大儲けをする人間もいるかもしれませんが、わたしにはできませんね。そんな姑息な手段で儲けるつもりなら、脱サラして古本屋なんかになりませんよ。……あっ、申しわけありません。偉そうに能書きを垂れてしまいました。ご容赦ください」

野沢さんが、あわてて頭を下げた。最近になって、古書集めのおもしろさを覚え始めたばかりのぼくは、野沢さん以外には、ことばを交わすような古書店主はいないが、この崎山さんに対する、野沢さんのことばを聞いていて、ますます好意を感じ、うれしくてたまらなかった。

（さっき、玲子さんとの交際を公認してくれたし、この際、作家になるのは諦めて、野沢さんの店を継がしてもらうというのもいいかもしれない……）

ぼくは、自分が野沢書店の帳場に座り、店番をしている光景を、頭の中に浮かばせた。一瞬、ぼくは仕事のことを忘れて、ぼんやりしていたが、ふたたび野沢さんの声に、能天気な未来の二代目・野沢古書店主の空想画は、ぱちんとシャボン玉が割れるように消えた。

「で、崎山さん。今回、処分される本というのは、どちらにございますか？」

「向こう側の棚、三本です。ほんらいなら、もう、わたしも老い先短いのだから、いまのうちに全部、処分してしまってもいいのだが、いざとなると、一度には処分する決断がつきませんでね。まずは、この三本の棚を空けようと思ったしだいです。いまでは必要ない本なのに、思い切りのつかんところが、頭の古い人間の欠点ですな」

崎山老人が、書庫の一番奥にある書棚に、ぼくたちを案内しながら苦笑した。老人が、指で示した三本の書棚の本は、当然のことながら、あらかじめ他所から、寄せ集められていたようで、ほかの本棚のように判型は揃えられていなかった。文庫、新書から大型本まで、ばらばらに納められている。

「食べ物にしても、衣類にしても、物資の乏しい時代を経験したことのあるお客さまは、皆さん、同じようなことをいわれますね。わたしは終戦直後の産まれですが、やはり、駅弁のフタに付いた飯粒から食べる口です。娘たちなど、平気で食べ残したり、捨てたりしてしまいますが、これは育った時代の環境の違いのせいでしょうね。もっとも、古書の処分の場合は、それ以外の要素も多いと思いますが……。じゃ、ざっと品物を拝見させていただきます。それから、これだけの数ですから、おおよその見積りをさせていただいて、ごなっとくいただければ箱詰めして店に運び、もう一度、よく品物を拝見して、のちほど正確な買取り価格を、ご連絡するということでよろしいでしょうか?」

野沢さんが、崎山老人に視線を向けていった。

「ええ。それで結構です。いずれ、残りの本も野沢さんに、引き取ってもらうつもりだが、とにかく、買取り価格なんか、いくらでもいいですよ。さっき、あなたが超稀覯本だといわれたようなのが、ここにあっても、わざわざ断らずに、最低価格で持っていってください。野沢さんの店の棚に並べられて、次の世代の人たちに活用してもらえれば、本もよろこぶでしょう」

「ありがとうございます。わざわざ、当店をご指名いただいたからには、わたしも気張って値付けをしなければいけませんね。こりゃ、当店開店いらいの大仕事です」

「じゃ、よろしく、頼みます。わたしは、居間のほうにおりますので、なにか用があったら、呼んでください」

崎山老人は、にこやかな表情で、そういうと、ぼくたちを残して、書庫を出ていった。

それから一時間あまり、野沢さんは買取り本を数冊ずつ抜き出して、その状態などを調べ、おおよその値付けをした。ぼくは、店から持ってきたノートに、その金額を書き取る役目だ。ぼくの仕事は単調だが、野沢さんのほうは、ここが古書店主としての目利きを問われる場だから、口数も少なく、だいぶ緊張しているようだった。野沢さんによると、たしかに崎山さんがいっていた通り、並んでいる本は玉石混交なのだそうだ。したがって、値付けが難しいと、首を傾げたり、値付けをいい直したりするケースも何度かあった。

ようやく全冊——千三十五冊の値付けを終えたぼくたちは床に座り込み、電卓で総価格を計算することになった。

「やあ、さすがに疲れたね。ひと休みしたいところだが、ここは一気に仕事を片付けてしまったほうがいいね。まだ、箱詰め作業もあるのだから」

野沢さんがいった、その時だった。書庫の扉が乱暴に開かれて、崎山老人がぼくたちのところに走るようにやってきた。

「野沢さん、野沢さん。もう、箱詰めは始まってしまいましたかな?」

荒い息をつきながら、老人がいう。

「いえ、まだです。いましがた、とりあえずの値付けが終わったので、総価格を出して、ご報告しようとしていたところです」

野沢さんが、座ったまま、老人の顔を見あげて答えた。

「ああ、それはよかった。とはいえ、せっかく値付けが終わったあとで申しわけないが、数冊だけ、処分を取消しにしていただこうと思いましてな。……えーと、この小泉八雲の『怪談』と岡本綺堂（きどう）の『子供役者の死』、それから柳田国男の『遠野物語』、藤沢衛彦（もりひこ）編纂の『山の伝説と情話』。この四冊は、今回は処分をせんことにします。家内が、これはいましばらく売らんでくれというもんですから」

崎山老人が、苦笑しながら本を引き抜いていった。

「この四冊の中に、超稀覯本があったら、まことに、あいすまんのだが……」

「いいえ。どんな稀覯本であろうと無かろうと、お客さまが売らないという商品は、強引に買い取ったりはしませんから」

野沢さんが、笑いながら答える。

「いや、ほんとうに申しわけない。では、残りの本の価格だけ計算してくだされ。どうにも家内にいわれると、拒否できんで」

崎山老人は、照れ臭そうにいうと抜き出した四冊の本を小脇に抱えて、ふたたび書庫を出ていった。

「崎山さんほどの、ベテラン登山家でも、奥さんには勝てないんですかね」

ぼくが、小声でいった。

「きみも結婚したら、女性の強さが判るよ。以前、崎山さんと奥さんの馴れ初めを聞いたら、雪山で遭難しかかった際に、たまたま同じ避難場所で出会ったとのことだったが、崎山さんは登山家だけに、これぞまさしく奥さんは山の神で、頭があがらないのかな。わたしも、他人のことはいえないがね」

野沢さんも、値付けで張り詰めていた心がほぐれたかのように、冗談をいった。

それから、買取り価格を二度計算して誤りがないことを確認し、崎山さんに報告したが、なんの問題もなく「それで結構」との返事だった。それからは、ぼくの仕事の領分で、用意してきたダンボール箱に本を詰め込み、書庫と車の間を往復した。箱数は、全部で三十二箱にもなった。だが、汗はかかなかった。とにかく廊下に出ると、真冬の雪山のような寒さで、ダンボールを運んでいてさえ、全身に鳥肌が立つほどだったからだ。野沢さんも「零度以下の寒さじゃないかな?」と首をひねっていた。

三十個を超えるダンボール箱を、野沢さんの店内に積み上げる仕事も、ぼくの役目だったが、これは崎山老人の家から運び出す時より、神経を使った。決して広いとはいえない店内に、お客さんのじゃまにならないように、最小限の範囲で納めなければならないからだ。玲子も手伝ってくれたが、ようやく片がついたのは、午後六時すぎだった。そこで、その夜も、ぼくは野沢さんの家で、夕食をご馳走になることになった。そして、いうまでもなく食事中の話題は、崎山老人邸の異常な寒さの件だった。

「いくら、奥さんが暑がりだといっても、あの冷たさは度を越しているよ」

野沢さんが、もう何度目になるか判らない、同じことばを、だれにいうともなくいった。

「障子を閉め切ってある廊下で、あの寒さですからね。部屋の中は、もっと寒いわけでしょう……。いったい奥さんは、どんな生活をしてるんでしょうか？」

ぼくも、帰りの車の中でいったのと、まったく同じことをいった。

「お父さんは、その奥さんと、これまで会ったことがあるの？」

玲子が質問した。

「いや、そういわれれば、一度もないね。崎山さんが、店にこられてたころも、奥さん同伴ということはなかったな。今日も、まったく顔を出さなかったし……」

「もしかしたら、その奥さん、亡くなっていて、遺体が腐らないように、崎山さんが部屋を最大限に冷たくしてるんじゃないかしら？」

「おいおい、玲子、いくらなんでも、それはないだろう。勝手に他人の奥さんを殺しちゃいけないよ」

野沢さんが、たしなめた。

「殺したなんていってないわ。病死かもしれないし、事故死かもしれない。でも、崎山さんは、奥さんを深く愛していて、つい病院とか警察に連絡できなくて……って、ことはあるかもしれないでしょ」

玲子が野沢さんのことばなど聞こえなかったかのように、平気な顔で自説を主張する。

「まあ、わたしだって、絶対にそんなことはないと否定する証拠は持ってないがね」

「けど、野沢さん。崎山さんは、値付けが終わりかけた時、家内が売らないでくれというんでって、書庫に飛び込んできたじゃないですか？」

ぼくがいった。

「ああ、そうだ。せっかくの迷推理だが、残念ながら奥さんは死んではいないよ、玲子」

野沢さんが、笑いながら、その時の状況を説明した。

「それは、遺体を隠してはいないということを、印象づけるための、お芝居かもしれないわ」

「弱った娘だな。どうしても、奥さんを遺体にしたがるね。この性格は、どっちの血筋だい、母さん？」

「さあ、どちらでしょうね。どちらにしても、玲子は教科書を読まないで、ミステリばかり読んでるんじゃないかしら」

野沢さんの奥さんが、玲子の顔を見て笑った。

「そんなことないわよ、お母さん。わたし、ちゃんと講義にも出席してるし、教科書も読んでるわ」

三人の会話を聞いていると、なるほど、野沢さんの家でも、事実上の実権を握っているのは奥さんのようだ。

「ぼくは、あの時、崎山さんが、奥さんにいわれたといって、あわてて手放すのをやめた本が、なんとなく気になるんですが」

「本か。たしか小泉八雲の『怪談』、柳田国男の『遠野物語』、岡本綺堂の『子供役者の死』……。あと一冊は、なんだったっけ?」

野沢さんが、ぼくに尋ねた。

「えーと、ぼくも、あの時、初めて知った本だったんですが……。あっ、思い出しました。藤沢衛彦編纂の『山の伝説と情話』という本です」

「うん。そうだ、そうだ」

野沢さんが、うなずく。

「その四冊に共通することといったら……。わたし、あとの二冊は読んでないけど、『怪談』と『遠野物語』って、どちらも山岳書というより、ホラーというか幻想小説じゃない」

玲子が、身体を乗り出すようにしていった。

「綺堂の『子供役者の死』も怪奇小説集だな。『山の伝説と情話』は、わたしも今日初めて見たが、ざっと、めくったところでは、タイトル通り、山に関する伝説集みたいだったね。というと……」

「雪女‼」

ぼくと玲子が、同時にいった。

「なるほど、雪女の話は四冊の本に共通しそうだ。とはいっても、それが崎山さんの家の異常な寒さと関係……、あるか⁉」

野沢さんが、そこでことばをとぎらせた。

「あなたは、崎山さんの奥さまが、雪女だとでもおっしゃるのですか？　いくらなんでも、そんな馬鹿馬鹿しい」

奥さんがいった。

「しかし、そう考えると辻褄が合うからね」

野沢さんがいった時、奥さんの席のそばにある電話の呼出し音がなった。

「はい。野沢書店でございますが。あっ、どうも、今日はおせわになりました。少々、お待ちくださいませ。いま、代わりますので……」

奥さんが、送受話機の送話孔を左手で押さえ、野沢さんにいった。

「あなた、崎山さんからですわ」

一瞬、全員の動きがとまった。が、すぐに野沢さんが緊張した表情でうなずき、送受話機を受け取り、耳にあてた。

「お待たせいたしました。野沢ですが、本日は、大変ありがとうございました。……はい。……はあ」

崎山さんからの電話は、ほんの四、五十秒で終わった。けれど送受話機をおいたあとも、野沢さんは無言だった。

「なんの話だったんですか？」

ぼくは、ほんらいなら口を挟む立場にないのだが、沈黙に耐えきれずにいった。

「今日、買い取ってきた本の中に、佐藤垢石（こうせき）の『幽影物語』が、混じっていたら、それは返却して欲しいということだった」

野沢さんが、重たそうに説明した。

「その本、混じっていましたっけ？」

ぼくがいった。

「うん。たしかに買い取ってきたよ」

「どんな内容の本なの？」

玲子がいった。

「雪姫という、美女のでてくる話なんだ……」

野沢さんが、ぼそっと答えて、口をつぐんだ。

結局、その晩は、ぼくの書く山岳青春小説の資料本の話は、ひとことも出なかった。

第七話　消えた『霧隠才蔵』

「えっ⁉　そんな馬鹿な‼」

副都心のデパートで開催されている〔大古書祭り〕の二日目の午後二時。ぼく――馬場浩一は古書祭り――すなわち古書即売展の問い合わせカウンターで大きな声をあげた。というのは、ほかでもない。抽選でぼくに当たったはずの本が、消えてなくなってしまっていたからだ。即売展も二日目の午後なので会場の客は、それほど多くはなかったが、周囲の人々が大声を出したぼくのほうに視線を集める。でも、ぼくは、そんなことは気にならなかった。ともかく、話がおかしい。

今度、ぼくが懸賞小説に応募しようとしている作品の参考資料にするため、当たった本を受け取りにいくとデパートの女性店員が、もうすでに当選者が受け取って帰ったという。そんなわけはない。その本は、半月ほど前、ぼくのアパートに送られてきた〔大古書祭り〕開催デパートの目録販売で注文したもので、その当たり、外れを初日に電話で確認すると、ぼくに当たっているとのことだったのだ。しかし、都合でどうしても初日には受け取りにいくことができず、翌日、取りにいった。すると、すでに馬場と名乗る人物が持ち帰った、という。

「でも、昨日の開場から三十分ぐらいのころだったと思います。ふたり連れの若い男のかたがこられ、川崎市の馬場ですがといわれて、ご注文の北山十八の『霧隠才蔵』をお持ちになられました」

カウンター内の、デパートの女性店員が、困った顔で、ふたたびいった。

「取りにきたのは、ふたり連れだったんですか？」

ぼくが少し冷静さを、取りもどして質問した。

「はい」

店員がうなずく。

「どんな服装の連中でした？」

ぼくが尋ねる。

「はっきりした服装は覚えておりませんが、おふたりとも二十代か三十代の初めくらいの男のかたで、スーツなどはお召しにはなっておられなかったと思います」

「馬場と名乗ったのは、どちらのほうでしたか。といっても、ぼくにはどちらにも心当たりはありませんが、なにか特徴でも覚えていたら教えていただきたいんですが」

「はい。わたしも昨日の、一番混雑している時間帯だったので、ほとんど記憶がないんですが、おひとりが身長一七五センチほど、もうひとかたが一六〇センチぐらいだったでしょうか。馬場ですが、といわれたのは背の低いほうのかただったように記憶しております」

「そうですか。判りました。ぼくはまた、本のタイトルが『霧隠才蔵』なので忍術で消えてしまったのかと思いましたよ」

ぼくは女性店員が、いまにも泣き出しそうな表情をしているので、冗談をいった。

「ほんとうに申しわけございません」

女性店員が、ちょっと安堵の表情を見せて頭を下げる。

「いえ、いいんですよ。あなたの責任じゃないんですから。古本の売買は、本人であるかどうかを確認するために身分証明書を要求するようなものでもないし。ところで、いうまでもありませんが、当たった人の名前が書き込んである当選者名簿は、本を渡した相手には見せませんでしたよね」

ぼくは、半ばあきらめながらも一応、再確認してみた。

「はい。それは規則で、古書業界では、最も重要視しなければならないルールになっておりますので……」

女性店員がいう。

「なんだか、判らないけれど、やられちゃったな」

ぼくがいった。

「と、申しますと？」

女性店員が質問する。

「いや、時々あることらしいんですよ。自分が欲しい本が抽選に外れると、なんらかの方法で当選者の名前を調べ出し、その名を騙って当選者になりすまして、本を取っていってしまう狂的マニアがね。どうも、すみません。お騒がせしました」

ぼくが頭を下げ、その場を去ろうとした時、カウンターの奥から初老の中肉中背の男性が現れた。デパートの店員でないことは、その服装を見て、すぐに判った。デパートやスーパーの古書展は、古本に詳しくない本店員だけでは対応できないことが少なくないので、出品店の主人や古書店の店員が、応援というより実務をてきぱきとこなすために参加することが多いのだ。

「どうかしたの？」

ぼくが女子店員と話を終えて、カウンターを離れようとしたのと、ほぼ同時に背後から男がいった。ぼくが振り返ると、いましがたカウンターの奥から姿を現した初老の男性がつかつかとこちらに近づいてくる。

「あっ、雲雀堂書店さん。ちょうど、いいところに、おいでくださいました。実は……」

女性店員は、ほんとうにほっとしたという表情で、ぼくの顔と初老の男性の顔を交互に見比べながら、話の一部始終を説明した。

「なるほど。あの北山十八の『霧隠才蔵』ですか。恥ずかしながら、あの本は少年向きだし、著者もわたしの知らない人だったんですが、一部のマニアのかたがたのあいだでは、たいした稀覯本なんだそうですね。それでその価値を知っている店とは、一桁も安い値付けをしてしまったものですから、注文が殺到しましてね。十二人もの申込み者がおられたんです。けれど、いったん目録に載せたものを引っ込めたりしたら古本屋道義を外した、情けない奴だと仲間からもつまはじきにされますからね。それはそれは厳正に抽選をした結果、馬場さんという人——つまり、あなたに当たったんです」

雲雀堂書店の店主にまちがいがない、初老の男性が答えた。そして女子店員に向かって、例の当選者の名前を書き込んだ当選者目録名簿を持ってこさせた。目録を受け取った雲雀堂書店の主人は『霧隠才蔵』の載っているページを開いて、ぼくに見せた。

「ご存じとは思いますが、ほんらいは、これはこの即売会関係者以外には見せてはいかんのですが、あなたに当たったことが嘘ではないことを証明するために、特別お見せしましょう」

その当選者を印した目録の『霧隠才蔵』のところには、鉛筆でいくつもの名前が殴り書きされており、そのひとつの川崎市・馬場というところに赤い丸が付けられていた。

「ああ、ほんとうですね。ほかに馬場という名前の注文者はいないし、これは、たしかにぼくのことですね」

ぼくが、うなずいた。

「ええ」

雲雀堂書店の店主もうなずき、そして続けた。

「失礼ですが、あなたも北山十八本のコレクターでいらっしゃるんですか？」

「いいえ、ぼくは懸賞小説に応募する作品の資料として、読みたかったんです。古書に詳しい先輩から、北山十八の『霧隠才蔵』は時代考証などは、でたらめで参考にならないが、ユーモア時代物を書くなら、いい資料になると教えてもらいましたので注文させていただいたんです。ぼくも、その先輩に教えていただくまでは、北山十八なんて名前は、まったく知りませんでした。それが、十二名もの大競争に勝ってしまったんだから、おもしろいもんですね。もっとも、結局は、何者かに騙し取られてしまいましたが……」

ぼくがいった。これは、先輩という部分を東急東横線・学芸大学駅近くの古書店・野沢書店主人の野沢勝利さん、とだけ入れ替えれば、まったくの事実だった。過日、野沢さんのところに遊びにいった際、持参した目録を見せて「この本は参考資料になりますか？」と質問したところ、野沢さんが「内容はないが、もし、この値段で入手できたら大掘り出し物だよ」と教えてくれたので注文したのだ。

そして、その時、野沢さんは雲雀堂書店の店主と出身大学が同じで、クラブ活動でも先輩にあたり、なにやら大きな貸しがある、それから古書店としても、店の大きさや政治的手腕は雲雀堂の主人のほうが、はるかに上だが、開店したのは野沢さんのほうが早く、この点でも自分のほうが先輩にあたるのだといっていた。

だから、野沢さんの名前をだせば、おそらく雲雀堂の主人は、もっと丁重にぼくに応対したと思うが、ぼくはそんなことを口にする気持ちは、これっぽっちもなかった。

だいたい、いまさらそんなことをいっても、何者かに名前を騙られて、持っていかれてしまった本が、ぼくのところにもどってくるわけでもない。そんなわけで、ほんとうのところは、本を手に入れられなかったことじたいは、それほど悔しくはなかった。

それよりも、ぼくの名前を騙って本を持っていくなどという行為をした、欲しい本なら、どんな汚い手を使ってでも、自分のものにするという、最悪、最低の性格だが古書収集家に最も多いタイプの古書マニアに対しては、怒りの炎がメラメラと燃えていた。もっとも野沢さんにいわせれば、自分もこの手合いの古書マニアは大嫌いだが、この連中を古書業界から全部排除してしまうと、日本全国の古書店の七、八割は生活できなくなってしまうのが実情らしい。理論の上ではどうであれ、現実の世界で正義だけでは生きていけないのは、どんな業界でも共通しているようだ。

「そうですか。いや、わたしも、これで二十年ほど、この商売をしていますが、失礼ながら、あなたの風体からはマニアックな古本狂といった雰囲気が感じられなかったもので、なんで、あの本を注文されたのかと、ちょっと興味が湧いたので、お尋ねしてみたんです。いや、ほんとうに失礼なことを申しあげました。お許しください」

雲雀堂の主人が、頭を下げた。

「いいえ、ぼくも、そんな程度の興味で申し込んだ本ですから、もっと、あの本を大事にしてくれる人があるなら、それはそれでかまわないんです。ただぼくの名前を騙って持っていかれたことが癪にさわりましてね。しかし、その持ち去った奴らは、どうして、ぼくが当選者だと判ったんでしょうね？」

「そこなんですよ、わたしも彼女から、いま話の一部始終を聞いて驚いているところです。この目録は古書店の信義にもかかわることですから、抽選で当たられたご本人にも、お見せはせず、当落確認をして当たっておられる人であれば、その場で品物をお渡しする。外れていた場合は、外れていたことのみを告げて、たとえ、どなたが当選者の名前を尋ねても、それは絶対にお知らせしないことになっています」

「そうですよね。ぼくは、まだ古書集めを始めてから、そう時間はたっていないんですが、そのルールのことは知っています。にもかかわらず、ぼくの名前を騙って、本を持ち去ったふたり組に、馬場という名前の人物が当選者だと判ったということになると、この目録を見ることのできるかた、ご主人をふくめて各出品店の関係者か、あるいはデパートの店員さんが漏らしたか、見せたかしたとしか考えられないことになりますね」

ぼくは、ちょっぴり、シャーロック・ホームズ気取りになっていった。

「わたしは、絶対に、そんなことはしてません！」

女性店員が、また泣きだしそうな声でいう。

「いえ、ぼくは、あなたが犯人だなんていってませんよ」

ぼくは、あわてて女性店員をなだめるようにいった。

「わたしも、もちろん、だれにも話したり見せたりはしていませんよ。値付けに失敗したのは、勉強不足で、まことにお恥ずかしいかぎりですが、うちの店としては、どなたに買っていただいても儲けは同じですからね」

雲雀堂書店の主人がいう。

「そうでしょうね。ご主人は馬場に売ろうと山田に売ろうと鈴木に売ろうと、儲けは同じですね」

ぼくはいい、ひと息入れて続けた。

「ただし、先ほども話にでましたが、この目録は雲雀堂さん以外の本屋さんの関係者とこのデパートのあなた以外の店員さんには見られますよね」

ぼくは、デパートの女性店員に視線を向けながらいった。

「はい。デパート側の、このカウンターの係員はわたしを含めて三人おります。出品店関係の本屋さんのかたは、全員、見ることができます」

女性店員が説明した。

「すると、ほかのお店のお得意客の中に、どうしても『霧隠才蔵』を欲しい人がいて、その人の頼みで、ほかの、どこかのお店のかたが内緒で、だれに当たっているかを教えたという可能性は少なくないですね。で、その人は当選者がぼく――つまり馬場という名前だと知り、なに食わぬ顔で馬場になりすまし、あなたに目録の当選者の名前を確認させ、堂々と受け取っていったと考えれば、話はかんたんですよ」

「それはたしかに、馬場さんのいわれるとおりですが、今回の出品店の関係者には、そんな、もしバレたらいっぺんにほかのお客さんの信頼を失ってしまうような信義を破る行為をする人間はいないと思いますがねえ」

雲雀堂書店の店主が、右手をあごにあてて首をひねった。

ぼくは、結局、『霧隠才蔵』を入手できないまま、デパートの外に出た。こういう嫌な体験をしてしまうと、もう会場内を見て歩き、別の参考資料を探してみようという気分も完全に喪失してしまう。

　そこで、そのまま、できるだけ早く帰宅しようかと思った。が、それもおもしろくない。とにかく、これでは家にもどっても気分が晴れないのは判っているから、迷惑をかけることになるが、こんな時は、いつも甘えさせてもらう学芸大学の野沢さんのお店を訪ねてみることにした。すぐ電話で「これから、ちょっと、お寄りしていいですか」というと、幸い野沢さんは在宅で「大歓迎だ、待ってるよ」と答えてくれた。

「それにしても、馬場君は勘がいいね」

　送受話器の奥から、野沢さんの感じのいい笑いを含んだ声が、ぼくの耳に響いた。

「はっ、どういうことですか？」

　ぼくが質問する。

「なあに、今日はさっきまで玲子に店番のアルバイトにきてもらっていてね。晩飯を一緒に食うことになっていたんだ。そこで君も呼んでやりたいな、と思っていた、ちょうどそこへこの電話だろう。なるほど、心の通じる者どうしには、わたしが知らせなくても自然に通じるものがあるのかと感心しているしだいだ。君も時間はあるんだろう。ちょっと寄るだけでなく、ぜひ一緒に晩飯を食っていきたまえ。今晩は玲子が、竹の子ご飯を作ってくれることになってたんだが、君が食卓に並ぶといえば、よりうまい飯を作ってくれるはずだからな」

「はあ、あっ、いや……」

ぼくは、すぐに適当なことばを見つけられず、要領を得ない返事をした。

「はっきりしたまえ、晩飯を食っていくのかいかないのか？」

野沢さんがいった。

「はい。それでは、遠慮なくご馳走になります」

ぼくが答えた。

「最初から、そう答えればいいんだよ。君は実に好青年だが、玲子のことになると、まったく、じれったくて、親のわたしでさえ、いらいらしてくるぞ。じゃ、待ってるからね」

そうことばを残し、電話は野沢さんのほうから切られた。

玲子というのは、野沢さんの次女で大学の二年生。ふだんは大学近くの小さなアパートで、ひとり暮らしをしているが、小遣いが足りなくなったり、野沢さんも奥さんも店番ができない日などには、店にやってきて帳場に座るのだ。ぼくが野沢さんと知り合いになってから、まだ日は浅いが、それでも、お店を訪ねた時に、ちょうど玲子がアルバイトにきていたりして顔を合わすことが何回かあった。

そのうち、自然に双方とも親しみを感じるようになり、時折デートをしたり、神田神保町や早稲田付近の古書店街を一緒に歩くような仲になった。ぼくや野沢さんが、なんとも説明のつかない古書にまつわる奇怪な事件にぶつかった時なども、玲子は進んで、その事件の解明に首を突っ込んだりしている。

玲子は古書店の娘でありながら、ぼくと知り合うまでは、まったくといっていいほど古書や古書業界のことには興味を持っていなかった。だが、ぼくが野沢さんに、いろいろと教えられて古書集めのおもしろさを覚え始めると、同じように古書に興味を感じ始めたらしく、いまでは一応、古書店の娘として帳場に座っても、客とそれなりの応対ができるまでに知識を貯えるようになっている。

明るく、常に微笑を絶やさない女性で、興味のないものには一秒たりとも立ちどまったりはしないが、関心を示しだしたら、その知識の吸収の早さは、とてもぼくなど追いつかない聡明さをも持っている。明るさと微笑は野沢さんの奥さんの血、知識欲と、その吸収の早さは野沢さんの血を引き継いでいるようにみえる。

話が横道にそれてしまった。ぼくと玲子の関係の説明にもどそう。野沢さんも奥さんも、定職を持たず、フリーターの仕事を続けながら、なんとか作家として食べていけないかと、何度落選しても懲りずに懸賞小説に応募し続けている甲斐性なしのぼくと玲子が付き合っていることを知っているが、それをやめさせようなどといった言動は一切せず、むしろ、ふたりの付き合いを応援してくれるような態度で、黙ってみてくれている。時には、いましがたの電話のように、ぼくの煮え切らない言動にいらいらするような素振りさえ見せるのだ。

正直なところ、ぼくも野沢さん夫妻に、はっきりと「玲子さんと、お付き合いさせてください」と、いいたい気持ちはあるのだが、二十五歳にもなって定職もないフリーターの身分では、かっこうが悪くて、いえないのだ。それで、知名度の低い賞でもいいから、せめて、なにか文学賞という名のつく賞の佳作ぐらいにでも名前が載ったら、気持ちをはっきりお伝えしようと思って、あれこれ懸賞小説に応募している。けれど現実は厳しくて、某ミステリー文学賞の最終選考作品にノミネートされたことが一度あるきりで、どうしても「賞」というところにまでは手が届かない。野沢さんは、そんなぼくを見ているのがもどかしいらしく、よく冗談半分に「好きな女性がいたら、プロポーズするとか、相手の親に気持ちを打ち明けてしまい、頭脳をすっきりさせてから、懸賞小説に挑戦したほうが、度胸が座って、いい作品が書けるかもしれんよ」といってくれる。

それは、ぼくにとっては、ほんとうに嬉しいことばではあるのだが、やはりぼくなりの生活信条というか、他人から見れば、実につまらないと思われるであろう自分の美学に抵触する部分なので、何度か野沢さんのことばに従おうかと思いながらも（いや、何か賞を取るまでは）と考えて口に出すことができないでいる。

そのぼくの心を見抜いている野沢さんは、これまた、なにかと冗談にまぎらせては

「馬場君も歳の割には、わたしと同じぐらいの世代の男に共通する、意地っぱりなところがあるね。わたしが、いい例であるように、ろくに妻子も養えないで、逆に家内の稼ぎで食べさせてもらっているような立場にありながら、やはり男はあくまでも男だ、と突っ張ってしまうんだな。しかし、わたしの目から見ると、いまの若い男のほとんどは、あまりにも軟弱すぎるよ。古いといわれたり、損な性格だと判っていても、それをあくまでも貫く生きかたをする男は、わたしは大好きだね」といって苦笑する。

実質は踊りの師匠としての奥さんの収入で、家計の半分以上を支えられ、脱サラして古書店主の座に収まっている野沢さんだから、ぼくの玲子に対する優柔不断な態度もまた、充分に理解でき、結局は冗談話の苦笑で終えてしまわざるを得ないのだ。

野沢書店についたのは、午後四時少し前だった。

「おじゃまします」

ぼくが店に入っていくと、野沢さんは帳場に座って、いましがた配達されてきたらしい新聞の夕刊を読んでいた。

「おお、きたか。電話のあと、玲子に馬場君がくるぞ、といったら、とたんに表情が変わってね。台所にすっ飛んでいったよ。どんな料理ができるのか知らないが、いい匂いがするだろう」

野沢さんが、さっそく、ぼくをからかいながらいう。

「はい。おいしそうな匂いですね」

ぼくは、からかわれていることに気づかないふりをして答えた。

「まあ、晩飯を楽しみにしていよう。つっ立ってないで、そこの椅子に座れよ」

「はい」

ぼくは帳場の横の上がり框の前に置いてある、丸い木の椅子に腰を降ろした。

「それで、例の北山十八の『霧隠才蔵』は、どうなった？」

野沢さんが、手ぶらのぼくを見て尋ねた。

「それが変な話でしてね。十二人の注文者があったにもかかわらず、運よくぼくが抽選に当たったんですが、受け取りにいったら、昨日の早い時間に、ふたり連れの若い男がきて、そのうちのひとりが、馬場だと名乗って持って帰ったというんです……」

そういって、ぼくは、前日の当選者確認の電話から、その日のデパート会場での雲雀堂書店の主人との会話まで、話のすべてを順を追って説明した。

「なるほど」

ぼくの話を聞き終えた野沢さんは、そうひとことといって話題を変えてしまった。

野沢さんによれば、玲子がぼくのために腕によりをかけて作った、竹の子ご飯と食卓に並べられた六品もの料理は、ぼくがフリーターの仕事として中堅会社の社長の談話や対談などをテープに収録し、社内報などに掲載する文章にまとめるために連れていかれる、その筋では高級料亭として知られる、いくつかの店の料理よりも、おいしかった。もっとも、これは玲子が作ったものであるということを知っていての評価だから客観的とはいいきれない。

そのおいしい食事が終わりデザートのイチゴを食べ始めると、話題はふたたび北山十八の『霧隠才蔵』にもどった。

「変な話ね。もし、だれかが馬場さんの名前を漏らしたのだとしたら、雲雀堂のご主人がいわれるように、その漏らしただれかは古本屋として最も重要なモラルを破ったことになるわ。わたし同業者として、絶対に許せない!!」

玲子が、ぼくと野沢さんの顔を交互に見ながら、憤然とした口調でいった。

「おおっ、玲子。おまえ、いまなんといった！　馬場君、いま玲子は、同業者として、といったと思ったが、君にはどう聞こえたかね？」

野沢さんが『霧隠才蔵』のことなど、どうでもいいという調子で、いかにも嬉しそうに、ぼくに質問した。

「はい。ぼくにも、野沢さんがいわれたのと同じように聞こえましたが」

ぼくは、なんで野沢さんが、玲子のことばに、そんなに嬉しそうな顔をし、確認まですのか判らなかったが、聞こえたとおりの返事をした。玲子も奥さんも、ちょっと驚いた表情で野沢さんの顔を見ている。

「そうか。君も玲子のことばを聞いたか。ということは玲子」

野沢さんは、そこでことばを、いったんとめ、顔を玲子のほうに向けて続けた。

「おまえは、自分のことを古本屋、少し割り引いても古本屋の娘として認めたうえで、いまの発言をしたのだな」

「そうよ。だって、お父さん古本屋じゃない？　わたし、そこの娘なんだから当然でしょ」

玲子も怪訝な顔をして、野沢さんに答えた。

「いや、嬉しいよ。わたしは、今夜ぐらい嬉しいことはないよ。おまえは自分では気がついていなかったかもしれないが、これまで、仕事の上でとか話の都合上という条件づき以外で、ほかの古本屋を同業者といったり、自分のことを古本屋の娘と、はっきりとわたしに意思表示してくれたことは一度もなかったんだ。それを、いま、なんのわだかまりもなく、ごく自然な口調で古本屋の娘といってくれたということは、わたしをひとりの古本屋の主人であり、親であると認めてくれたことなんだ。そのひとことが、わたしにとって、どんなに嬉しいことばであるかは、おまえにも判るまい。母さんは、判ってくれるな」

野沢さんの目が、赤くなり、ほんの少しうるんでいるように見えた。

「ええ」

奥さんが、小さくうなずきながら答えた。

「お父さん、そんなに、わたしが古本屋の娘といわないのを気にしていたの?」

玲子が質問した。

「ああ。嘘いつわりなく気にしており、いついってくれるか、待ち望んでいたよ。玲子、ほんとうに、ありがとう。それから、馬場君にもありがとうだ。君が玲子に、古本のおもしろさや、業界の複雑さ、古本屋なりのプライドといったものを教えてやってくれなかったら、玲子は、あんなにためらいもなく、同業者のマナーとか古本屋の娘とかは、まだ当分、いわなかっただろうね。まあ、いまのわたしの気持ちは、馬場君でも理解はできんだろう。世間の荒波にもまれ、一か八かの勝負を賭けて脱サラし古本屋になった中年男が、この歳になって、初めて味わえる、宝物のようなことばだよ」

野沢さんの、嬉しさを抑えて、しみじみと語るひとこと、ひとことに、ぼくもなんとなく目の奥が熱くなってくるのを感じた。

「あっ、いや、すまん。わたしがひとりで、座を白けさせてしまったな。話題を『霧隠才蔵』にもどそう。いま玲子がいったように、もし、その会場の古本屋仲間の中に、お客さんとの、最も大事な信頼関係をぶち壊すような奴がいたとしたら、そいつは人間失格だ。だが、残念ながら、馬場君の話を聞くかぎり、その失格業者がいたとしか思えない。ちょっと、電話をかけて聞いてみたいことのある奴がいるんだが、ここでは電話したくないので、外の公衆電話で話をしてくる」

野沢さんは、そういうと、まだイチゴが半分残っている皿をテーブルの上に置き、足早に外に出ていった。

「なんだか、今夜のお父さん、おかしいわね？」

玲子が奥さんの顔を見ていった。

「いいえ、少しもおかしくなんかないわよ。女のわたしには、お父さんの嬉しさが、どんな嬉しさかは想像のしようがないけれど、お父さんにとって、あなたのひとことが、どれほど嬉しかったかは、わたしも理解できますよ」

野沢さんの奥さんが、淡々とした口調でいった。

「わたしには理解できないなあ。たった、あれだけのことで……。どうして、お母さんには理解できるのかしら？」

玲子が、奥さんのことばには同意できないという顔で答えた。

「わたしはね、あの夫と一緒になって、もう二十四年。来年は銀婚式の年なのよ。口にだしていわなくても、ほんとうに相手の気持ちを尊重し、理解しあえる夫婦なら、判らないほうがおかしいわ。馬場さんも、もし玲子と結婚することになったら、わたしたちのような夫婦になってくださいね。……まっ、嫌だ。つい調子に乗って、いい歳をしてのろけたり、よけいなことまでいっちゃって……。どうしましょ、ちょっと、お風呂沸かしてきますわね」

奥さんは、右手で口許を押さえながら、風呂場のほうへ消えていった。

玲子がぼくの顔を見つめた。ぼくも目をそらさず、玲子の目を見つめ返した。それは、ほんの二、三秒のことにすぎなかったが、ぼくは、ほんのちょっとだけ、野沢さんの奥さんのいったことばが理解できたような気がした。

その時、外に電話をかけにいっていた野沢さんが帰ってきた。

「馬場君、明日中に即日宅配便で、君のアパートに『霧隠才蔵』の資料が届くと思う。たぶん差し出し人名はないが、宅配便が届いたら、なにが入っていたか電話をしてくれないか」

野沢さんが、毅然とした口調でいった。

その即日宅配便が、ぼくのアパートに届いたのは、午後三時ごろだった。すぐさま包装紙をはがすと、中から北山十八の『霧隠才蔵』の全ページコピーと、表紙カバーのカラーコピーがでてきた。野沢さんがいわれていたとおり、差し出し人名はどこにもなく、手紙類も入っていなかった。配送は大手の宅配便会社だったが、差し出し人名欄は空白になっている。ぼくは知らなかったが、頼めば、こういう配送もしてくれるものらしい。

ぼくは、中身を確認すると、すぐに野沢さんに電話した。そして、送られてきたコピーの話をした。

「そうか、判った。いま、三時だね。今日は君、これからなにか用事があるかい？」

野沢さんが尋ねた。

「いいえ。なにもありません」

ぼくが答える。

「よし。だったら、強制的に呼びつけて申しわけないが、今夜、また、わたしの家に晩飯を食いにきてくれないか？」

「ぼくは、かまいませんが、そんなに毎日……」

「いや、今日は昨日のように特別のご馳走はしないよ。君に渡したいものがあってね。いいね、きてくれるな」

「はい」

ぼくは、野沢さんのことばが理解できないまま、午後五時にアパートをでて、学芸大学の野沢さんの店に向かった。店についたのは、六時ちょうどだった。

「やあ、呼びつけてしまってすまん。玲子も呼んであるんだ。大至急、ふたりを結婚させてしまおうと思ってな」

野沢さんが、笑いながらいった。

「えっ⁉」

ぼくは、野沢さんの口から、考えてもいなかったことばがでてきたので、ほんとうに腰を抜かしかけそうになるほど驚いた。

「……というのは、嘘だよ。わたしは、正直、これまでの、君たちふたりの行動を見守ってきて、できれば、そうなって欲しいと本心で思っているよ。しかし、君も玲子も、まだ、おたがいを理解していない部分が多過ぎる。当事者でもない、わたしがこんなことをいったら、よけいなおせわだと思われそうだが、それでも君はともかく、玲子はわたしの娘だから、なによりも玲子の気持ちを優先させるが、できることなら、どんなに些細に思えるようなことであっても、少しでも幸せにさせてやりたい。この気持ちは君にも判るだろう」

「はい。判ります」

ぼくが答えた。

「だとしたら、これはあくまでも、わたしの希望に過ぎないが、もう一年ほど、付き合ってみて結論をだしてくれないか？」

野沢さんがいった。

「判りました。ぼくのほうこそ、こちらからお願いしなければならない玲子さんとのお付き合いを、野沢さんのほうから、お許しいただき恥ずかしいのと、嬉しいので、胸がどきどきしています」

「こういう時は、男っていうのはだらしないもんだよ。わたしだって家内の両親に初めて会った時は、ろくすっぽ顔が見られなかったよ。じゃ、まあ、その話はこれまでとして、もう、そろそろくるころだがな」

野沢さんが、腕時計に目をやった。

「とにかく、居間のほうにあがってくれ、今夜は店屋物で、寿司を取ってある」

ぼくが、帳場の横から居間に入っていくと、もうテーブルの上には四人前の、値段の高そうな寿司の器が並べられていた。

「おーい。母さん、玲子。馬場君がきたから食事にしよう」

野沢さんが、居間に続く台所のさらに奥にある、ぼくも入ったことのない部屋のほうに向かって声をかけた。

「はーい。いますぐ、いきます」

奥さんの返事が聞こえた。その声が、終わるか終わらないうちに玲子と奥さんが、にこやかな表情で居間にやってきた。

「玲子の席は、やはり馬場君の向かい側がいいな」

野沢さんがいった。

「まっ、お父さん!!」

玲子が、少しも怒ってはいないけれど、ぷっと頬を膨らませる。

「そんな顔をするな。馬場君に嫌われるぞ。おまえが馬場君の向かいに座れば、必然的にわたしの前には母さんが座ることになるだろう。おまえも、わたしの娘なら、それぐらいの気は使ってくれなければいかんよ。なあ、母さん」

野沢さんがいった。

「馬場さんの前で、なにを馬鹿なことをいってるんですか、あなた！」

奥さんが、ほんとうに決まり悪そうに、野沢さんをにらみつけた。

「うーむ。そうか。母さんの心は、もうわたしから離れてしまっていたのか。寂しいなあ……」

野沢さんは、まだ、冗談を続けていた。と、ちょうど、そのことばが終わった時、店の前でバイクの止まる音がした。そして、若い男の声が続いた。

「ごめんください。こちら様は野沢書店さんでいらっしゃいますよね。青葉バイク便の者ですが、至急配達物を持ってまいりました。おそれいりますが、認め印を頂戴したいんですが」

「わたしが、受け取ってくるわ。はんこは、帳場のでいいんでしょ?」

玲子が立ちあがりながら、野沢さんに尋ねた。

「うん。あれでいい。すまんね」

野沢さんがいった。そして、ぼくのほうに顔を向けて続けた。

「さっき、君に渡したい物があるといっただろ。それが、いま届いたんだ」

「なにが、届いたんですか?」

ぼくが質問する。

「それは、開けてからのお楽しみだ。玲子、すまないが、ついでに、その配達物の紐を切って、包装紙を破って箱ごと、こっちへ持ってきてくれないかな」

「はい。もう、包装紙を破りかけてます」

「いや、わが子ながら、昨日のことといい、いまの返事といい、ずいぶん気が利く娘になったな……」

野沢さんが、ぽつりといった時、玲子が出版社からの贈呈本や、古書店が注文品をお客さんに送る時に使う、厚めの四六判本用の段ボール製小包を持ってきて、野沢さんに渡した。

「ああ、ありがとう。馬場君、この小包を開けてみたまえ」

野沢さんが、玲子から受け取った小包を、そのまま、ぼくに渡してくれた。

「はい」

ぼくが手早く、小包を開けると、中から一冊の古本が出てきた。一見して少年向き時代小説と判るカバー表紙絵のハードカバー本だった。本の上部に『霧隠才蔵』とタイトルがあり、下部には北山十八著と書かれている。それは、ぼくが一昨日から始まった副都心のデパートの〔大古書祭り〕の目録で注文し、抽選の結果、当たっているのに、何者かに名前を騙られて持っていかれてしまった、あの『霧隠才蔵』に違いなかった。

「どうして、この本が……。野沢さん、どこかで同じ本を探して、わざわざ、ぼくにプレゼントしてくださったのですか？」

ぼくが、状況が飲み込めずに質問した。

「違う、違う。それが、君が雲雀堂書店に注文し、抽選の結果、当たったのに何者かに持ち去られてしまった本そのものだよ。だから電話で君を呼び出した時、わたしは渡す物があるといったが、あげる物があるとはいわなかっただろう？　その本は当然、当選者である君の元にもどってあたり前の本なわけさ」

野沢さんが説明した。

「でも、どうして？　野沢さんは持ち去った相手が判ったんですか？」

ぼくが、また質問した。

「いや、その本は、元々だれにも持ち去られてなどいなかったのさ。本が消えた時の状況を聞けば、一見、何者かが当選者である君の名前を探りあて、君になりすまして持ち去ったように考えるしかないが、持ち去られたのは、ほんの数分間。すぐまた雲雀堂書店の主人の手にもどっていたんだ」

「どういうことなの？」

玲子も、身を乗りだした。

「おまえが昨日いっていた、古書業界では絶対にやってはいけない、一番大切なお客さんとの信頼関係を破るマナー違反を、雲雀堂書店の馬鹿親父が、せいぜい儲かっても六〜七万円の金のために、同業者ならわたし程度の人間でも判るような、へたくそなウラ技で隠し持っていたんだ。つまり、値付けをまちがえたために、注文者が多かったものだから、その安い値段で売るのが惜しくなったんだね。で、雲雀堂の親父の店に出入りしている、これまた、ろくに働きもしないぐーたら小僧に小遣いを渡し、馬場君の名前を騙って取りもどさせて、しばらく寝かしておいて、今度は一桁高い値付けをして売るつもりでいたんだ。それも、話を混乱させるために、ふたりもの馬鹿男を使ってね。だから、わたしが、その程度の金欲しさで、つまらないことはやめて、すぐに馬場君に本が見つかりましたと一筆認めて送付しろと忠告したのに、まだコピーなんぞを送ってごまかそうとした。そこで、今日、君がこの店にくる前に雲雀堂まで車で乗りつけ、ふざけるのもいいかげんにしろと怒鳴りつけて、七時までにバイク便で、店に送るようにいいつけたんだよ。いま六時四十五分だね。提示した時間内だから、まあ今回は表沙汰にはしないでおいてやろう」

野沢さんが長い説明をし終えて、割箸に手を伸ばした。

「ですが、そうなると、ぼくは代金を払わなければ」

ぼくがいった。

「そんな必要など、まったくないよ。厳しくいえば、業界の信用を台無しにしかけただけでなく、法的にはお客さんである君を騙したのだから、詐欺罪が成立するんじゃないかな。ほんらいなら、お縄を頂戴するところをわずかな金額を損しただけですんだのだから、さらに菓子折りのひとつも持ってきてもいいところさ。馬場君、もし万一、いつか君が野沢書店の二代目主人兼作家になることがあったら、なにをおいてもお客さんとの信頼関係をぶち壊すような真似だけはしないでくれよ。つい、うっかりでも、そんなことをしかねない行動を見つけたら、玲子、おまえが馬場君を張り倒してやれ!!　それが、賢明な妻の役目だからな」

「わたしが、馬場さんの妻……」

玲子がいった。

「あっ、いや、なんだ、その、たとえばの話だ。事件は解決したし、腹が減った。寿司を食おう。もう届いてから、だいぶ時間がたつ。鮮度が落ちてしまうぞ。さあ食った、食った。うわっ‼」

野沢さんは、つい口をすべらしてしまったばつの悪さを、ごまかそうとして、醤油を小皿に注ごうとした。そのとたん、醤油注ぎのふたがはずれて小皿の中に落ち、それに続いて小皿の中が醤油の海になった。

「ぷっ‼」

それまで、笑いを抑えていた玲子が、ついに吹きだした。それにつられて、ぼくと奥さんも、笑いを我慢できなくなり、午後七時の野沢書店の居間は、爆笑の渦に巻き込まれたのだった。

第八話　ふたつの幸運

吹き抜けていく風の冷たさが、俺を一瞬のまどろみから、現実に引きもどしてくれた。

風は、かすかなトランペットの音を運んでいた。近くの大学の学生が、練習をしているのだろう。上手な演奏ではない。

「ねえ、あの銅像の人、なにしたの？」

「知らないよ。軍神なんとかってんじゃないのかな」

「ふーん。偉いんだ」

「偉かねえよ。侵略戦争をやったやつらだぜ。そんなことよりさ、これからどうする？　俺、六時限目の授業があるんだよ。必須の英語だから、出席カード出さないとやばいんだ。超うるせえ先公なんだ、これが」

「ええ!?　もう帰るの？　休んじゃいなよ。由香だってフランス語、さぼってんだからさ。喫茶店でお茶しようよ」

「けどよ、先輩に聞いたら、あの先公、三回休んだら、絶対に不可つけるっていってたからなあ……」

「三回で不可⁉　ウッソー‼」

手に数冊の本とノートを抱えた、大学生のふたり連れが、俺たちの見下ろしている道を通りすぎていった。

「いいなあ、いまの若い連中は。俺たちの若いころは、幼なじみの女の子と立ち話してるだけでも不良なんていわれたもんだったな」

やつは、若い男女のうしろ姿を、いつまでも追っていた。

「そう、うらやましがるな。時代が変わったんだよ。一年ごとに、世の中は俺たちには予想もつかないほど変化していくのさ。また変化していかなくては、人類の進歩はないじゃないか」

「それにしてもだなあ。いまの学生は、あまりにも勉強をせん。俺たちは、どんなに学びたくても、それができなかったのに、なにが侵略戦争だ……」

「いうな、いうな。すべて過ぎ去ったことさ。時代が悪すぎたんだよ。いまさら貴様らしくもない。それより、いい風じゃないか」

「うん。……風だけは、いまもむかしも、少しも変わってはおらん……」

正面階段の大鳥居をくぐって、腰をくの字に曲げた老婦人が、杖を片手に敷きつめられた玉砂利を踏んで、ゆっくり歩いてくる。

「おい、岡田のおふくろさんだ」

「ほんとうだ。もう今日は……、そんな日になるのか」

「年々、ここへくる人の数も減ってしまったな。そうか、今日は岡田の命日だったか
……」

「おふくろさんも、歳をとったなあ……」

やつは淋しそうだった。

「で、岡田は？」

「さて、今年はどこだろう？」

枝々のあいだをすりぬけていく風が、なぜか急激に冷たさを増したような気がした。その瞬間、ふと、あの日の光景が陽炎のように浮かびあがった。

明治神宮外苑競技場は、小雨に煙っていた。スタンドは、ぎっしりと銃後を守る後輩や、小国民たちの姿で埋めつくされていた。日の丸の旗、歓喜の声、軍靴の響き……。

昭和十八年十月二十一日。俺たちは教科書を捨て、ペンを慣れぬ銃剣に持ち替えて、戸山学校音楽隊の演奏する、観兵式行進曲の旋律に合わせて、ぬかるむグラウンド内

を行進していた。いま、学徒兵たちは、祖国のため、家族のため、恋人のために出陣する……。

……続いて片道分だけのガソリンを積んだ、旧式の爆撃機に乗り込み、戦友たちの振る帽子の波に送られ、圧倒的な数の敵艦隊の中から、一隻の航空母艦に目標を定め、たとえ小破でもいいから命中してくれと神に祈りながら突っ込んでいく瞬間を思いだした。

「おいっ！」

やつが、俺の過去の幻を破った。

「どうした？　なにを考えていたんだ」

「ああ……。いや、なんでもない」

「なんだか、ばかに風が冷たいと思ったら、どうやら、今年も貴様と別れる日がきたようだ」

「そうか、それは残念だな。じゃ、また来年だな」

「うむ。同じ枝に咲けるといいが……」

「咲けるだろうさ、きっと……」

また、風が枝々を、ざわめかせた。

やつのからだが、細い枝の先から、ほろっとはがれるように離れ落ちた。風がそれを拾って、ひらひらと空中を舞わせながら、大鳥居のほうへ運んでいく。やがて、その姿は遠くに消えた。続いて俺も枝から離れる。

「健坊、見てごらん。桜の花びらがあんなに……。みごとな花吹雪だろう」

小さな男の子の手を引いた老人が、俺のほうを見上げていった。

（……いいさ、こんな平和な世の中になったんだから……）

俺は、風に舞いながら思った。


（了）


「なるほど。いい話だね。わたしのような万年赤字の脱サラ古本屋のおやじがいうのも口はばったいが、馬場君も初めて会ったころに見せてもらった作品に比べると、文体もストーリーも、ずいぶんうまくなったね」

Ａ４判の用紙にプリントアウトされた、ワープロ打ちの原稿を読み終えた野沢さんが、ゆっくりとした口調でいった。

「ありがとうございます。野沢さんに、そういっていただいたら、怒りがだいぶおさまりました」

ぼくが、軽く頭を下げながら答えた。四日前のことだった。ぼくがアパートの万年床の上に転がって、いつものように懸賞小説のアイデアをひねっていると、大学時代の同級生で、この出版界の不況の中、独自の方針でアニメ雑誌を数種発行し黒字を保っている雑誌社の編集者・長谷川から電話がかかってきた。半年以上も連絡していなかったので、なにごとだろうと話を聞くと、長谷川の所属する編集部で発行しているアニメ雑誌に連載している、その方面ではそれなりに名を知られている若手作家の読み切り連載ショートショート・シリーズが、次号で落ちることになったという。なんでも風邪をこじらせ肺炎になり、入院してしまったというのだ。

そこで編集部では大至急、穴を埋める原稿が必要になった。たいていの雑誌は、こういう突然の事故対策として、穴埋め記事のひとつやふたつは準備がしてあるのだが、この連載シリーズの穴埋めに適当な予備原稿が見当たらない。で、長谷川が作家を目指して、せっせと懸賞小説に応募しているぼくを思い出し、まだ商業誌に載った作品はひとつもないが、短い作品でもあるし、ぼくにチャンスを与えてやってもらえないだろうかと、編集長に売り込んでくれたのだ。

そんなわけで、原稿用紙五枚半ほどのショートショートを書いてくれないかという。ぼくは長谷川のことばに、飛び上がらんばかりに喜び、ふたつ返事で「もちろん書くよ！」と答えた。長谷川は、なにしろ時間がないから書きだめ原稿に手を入れ直したものでもかまわない、絶対と約束はできないが、九十パーセントは採用されるはずだ、といってくれたのだが、ぼくは以前から機会があったら書いてみようと考えていたアイデアを使って、新作を書くことにした。たとえアニメ雑誌のショートショートでも、それがぼくの初めてお金をもらうことになる作品に、習作や投稿ボツ作品の手直しでは気がすまなかったからだ。で、四百枚、五百枚の懸賞小説を書く時以上に力を込めて、三日で五枚半のショートショートを書き上げ、フロッピィとプリントアウトした原稿をアニメ雑誌社近くの喫茶店で長谷川に渡した。

その場で一読した長谷川は、にっこりと笑い「これなら、まず問題ない」と答え、原稿を編集長に読んでもらうから、三十分ほど待っていてくれという。ぼくは長谷川のことばに胸をドキドキさせながら、うなずいた。五分もしないうちに長谷川がもどってきて、じきに編集長から携帯電話で連絡がはいるからといい、ぼくたちは雑談に興じた。とはいえ、ぼくは原稿が本当に採用になるのか心配でならない。

四十分をすぎた時、長谷川の携帯電話のベルが鳴った。電話を耳に当てた長谷川が、目で編集長からだと合図する。ぼくは、ごくりと唾を飲み込んだ。電話は一分ほどで終わった。ぼくは、原稿が採用になったことを疑わなかった。ところが、長谷川の口から意外なことばがついて出た。

「すまん、馬場。編集長が、あの作品はボツだといってる。なにがいけないのか、よくわからないので聞いてくるよ。時間がかかるかもしれないので、お前は家に帰ってくれ。多少の直しでＯＫになるかもしれないし、どうしても駄目というのなら、その理由をあとで電話するから」

「ああ……」

採用されるものとばかり思っていたぼくには、それ以上のことばがなかった。で、家に帰り、ぼけーっとしていたが、午後七時すぎになって、長谷川から電話がきた。結果はやはりボツだった。長谷川はしきりに謝ってくれ、必ず近いうちに次の機会を与えるからといってくれたが、期待が大きかっただけに、ショックも少なくなかった。ボツの理由にも納得できず、翌日、ぼくは控えの原稿を読んでもらおうと東急東横線・学芸大学駅から、すぐのところにある古書店・野沢書店の野沢さんを訪ねたのだった。

「それで、この作品の掲載を取り止めたアニメ雑誌の編集長は、どこがいけないといってるんだい？」

野沢さんは、帳場の上がり框のところに座っている、野沢さんの次女で、野沢家公認のぼくのガールフレンド、玲子に原稿を渡しながら質問した。

「細かい点は幾つもあるが、決定的なボツの理由は、ふたつあるというんです」

「うん」

「まず一点が、このショートショートは戦争讃美だというんです。それから、時代考証がなっていないともいわれました！」

一度は野沢さんのことばで、冷静になりかかっていた気持ちが、ふたたび悔しさで揺れるのが自分でもわかった。

「ほほう。この小説が戦争讃美ね。そりゃ、きみじゃなくたって、わたしでも腹が立つね。靖国神社が舞台で、特攻隊の描写があると、それだけで戦争讃美と読んでしまうんじゃ、編集長は失格だな。わたしも、表現が難しいのはわかるが、もう少し、語句や描写のしかたをくふうしたほうがいいんじゃないかと思う部分はあるが、これが馬場君世代の——というより馬場君流の反戦実験小説であることぐらいはわかるけどなあ。で、時代考証がおかしいというのは、どの部分？」

野沢さんがいった。

「はい。回想シーンの『観兵式行進曲の旋律に合わせて』というところです。ぼくも、その編集長から直接聞いたわけではありませんが、この作品の掲載を推薦してくれた友人によれば、観兵式行進曲というのは天皇陛下が臨席される時のみに演奏される曲で、東条英樹首相が演説した『出陣学徒壮行会』に演奏されたなどと書くのは知識不足もいいとこだと、嘲笑したというんです。友人は、それならその部分だけ直せばいいでしょうと提案してくれたんですが、こんな常識的なことも知らない素人の作品は載せられないということで……」

ぼくが説明する。

「うん。わたしも、いま読ませてもらって、その部分は気になったよ。が、それじゃ、あの、通称『学徒出陣』の時、なんの行進曲が演奏されたのかといわれると、ちょっと思い出せないんだ。わたしも、もう五十五歳になるが、戦後――昭和二十年十一月の生まれだからね。君はこれをなんで調べて書いたんだい」

「それが、こんなことは、すぐわかるだろうと思っていたら、想像以上に難しくて、最終的には朝売新聞社の一番新しい社史に掲載されていた、当時の原文引用記事の中に見つけたんです」

「当時の新聞の現物には、当たらなかったわけか」

「ええ。いい訳にはなりませんが、急遽飛び込んできた話で、時間がなかったのと『朝売新聞社史』の原文引用なら、まず間違いはあるまいと思い込んでしまったんです。考えてみれば、観兵式ということばは当時、天皇陛下以外の閲兵の際には使用されないんでしたよね。ですから、これには指摘されて、納得しましたし、以前、野沢さんがいわれた時代考証の三点主義というのも、決して忘れたわけではないんですが……」

ぼくが、頭をかいた。

野沢さんの時代考証三点主義というのは、歴史小説や時代小説、また自分のまったく知らないジャンルの小説を書く場合は、それぞれ立場の違う視点で説明された資料を、最低三点は探しだし照合して、それらがすべて一致したら信用して書いても、それほど大恥はかかないですむだろうというアドバイスのことだ。

「それは、ちょっと軽率だったな。古書の世界にも、数多くの企業の社史や、創業者の伝記、有名人、無名人の追悼本、回想録などが出回り、こういった分野のみを扱う店もあるほどだが、社史、伝記というのは、会社の大小、人物の有名無名にかかわらず、特に疑ってかからなければならない資料だよ。それどころか時にはとうてい資料とは呼べない、内容の本もあるからね。加えて君にとって不運だったのは、戦争記録だろ。この戦争資料というのも数は多いけど、どれが真実やら、なにを信用していいやら、極めて難しいんだ」

「ええ、それは指摘を受けて、国会図書館はじめ、自衛隊資料室ほか、ぼくの当たれるかぎりの確認作業で痛感しました」

「すると、実際に演奏された行進曲がなんであったかは判明したのかい」

「はい。細かい説明は省きますが『観兵式分列行進曲』というのが、正確なようです。ただし、当時は一般的に『分列行進曲』と呼ばれていたそうです」

ぼくがいった。

「ということは、天皇が臨席しなくても『観兵』ということばが、用いられている場合もあったということか……」

野沢さんが、あごに手を当てて考え込むようにしていう。

「そこまでは、ぼくも調べてはいません。この場合は行進曲の曲名ですから、特別なのかもしれませんね」

ぼくが答えた。

「なるほどねえ。歴史を調べ、文章にするというのは、よほど慎重にやらないと落とし穴に落ちるね。やあ、わたしは読書は飯より好きだが、作家を目指さなくてよかったよ」

野沢さんが、ぼくの顔を見て小さく笑った。そして、あわてて、つけ加えた。

「といっても、馬場君のことをからかっているわけでもないし、作家を目指すのを断念しろといっているのでもないからな」

「もちろん、承知してます」

ぼくも微笑を返していった。

「今度のことで、ぼくも時代小説や歴史小説作家を目指すのは、やめようと思いました。そもそも、ぼくには時代小説と歴史小説の区別も、よくわからないんです。やはり最初の志望どおりミステリーかSF作家のほうが、よさそうです。これだって難しいのはわかっていますが、時代考証には、それほど時間を取らなくてすみそうですからね」

「けど歴史っていうのは、現象っていうか事象っていうか、うまく口で説明できないけれど、そのことがあったことは間違いないとしても、それをどう受け止めるかということは百人いれば百通りあって、結局は個人個人、あるいは、その時代時代によって評価が変わる主観的なものでしょ。正確なことは忘れてしまったけれど、英語で歴史を意味するヒストリーということばの語源は、ヒズ・ストーリーっていうんじゃなかったかしら。だから、これが絶対に真実とか正しいとは、だれにもいえないものだからこそ、おもしろいんだと思うけどな」

突然、ぼくの小説の原稿を読んでいた玲子が、話に参加してきた。

「おいおい、玲子。いまは歴史の定義づけをしてるんじゃないぞ」

野沢さんがいった。

「そうだけど、馬場さんが時代小説や歴史小説作家を目指すのはやめるなんて、弱気なことをいうんだもん。わたしの高校時代の同級生の文芸部の男の子でね、すごく小柄な人がいたんだけど、その人は明治時代を舞台にした小説や評論を機関誌に書いていたの。で、馬場さんと同じように、将来は作家になるっていってたけど、それはともかく、ある時、なんかの拍子に、その男の子と夏目漱石の『吾輩は猫である』の話をしたのよ。そうしたら、その子が、いままでに『猫』についての大家といわれる人の評論や解説書を二十冊ぐらい読んだけど、どれを読んでも、どうも納得できない。そこで、いろいろ考えてみたら、どうも目の位置に関係があるような気がしてきたっていうわけ」

「視点ということ?」

　ぼくがいった。

「ううん。体の器官としての目の位置だって。わたしも意味がわからなくって、もっと詳しく説明してっていったら、その子、『猫』が書かれた時代の日本人の平均身長を考えてみろっていうのね。当時の男性の平均身長は約百五十六センチで、漱石も百五十八センチぐらいだったらしいわ。ところが、いまの評論家は、ほとんどがそれより身長が高い。それを計算に入れないで読んで分析するから、本当の漱石の視点が見えないんだっていってたわ。その時は、なんだかよくわからずに、生意気なことをいってると思ったけれど、これって漱石の作品にかぎらず、明治時代の作家の小説や評論を読む時、もしかしたら本当に関係あるんじゃないかと、いまのお父さんと馬場さんのやり取りを聞いていて感じたのよ。これ、その子なりの独自の歴史観でもあるし文学観じゃないかしら」

　玲子が説明した。

「なんだか、馬場君のショートショート掲載事件から、話がすっかり歴史観や文学観に移ってしまったな。しかし、たまには馬場君や玲子と、こんな話をするのも悪くないね。玲子も、一人前のことをいうようになったな。それとも将来の旦那様を励ますために、密かに勉強しているのかな」

野沢さんが、ぼくと玲子の顔を見比べていった。

「また、お父さん、そんなことをいって冷やかして！　これでも、わたし大学生なのよ。お父さんやお母さんに学費を出してもらっているんだから、このくらいは勉強しなきゃ申しわけないし、なによりも自分のために知識を吸収しているのよ」

玲子が憮然とした表情でいった。

「ふむ。いささか優等生すぎることばだが、自分の娘にそういわれると悪い気はしないな」

野沢さんは、玲子がこんな話題に口をはさんでくることが、嬉しくてたまらないようすだった。

「それは……」

玲子が反論しようとした時、居間のほうから奥さんの声がした。

「遅くなってしまったけれど、食事の用意ができましたよ」

夕食のあいだは、もう、ぼくの小説の話も、歴史観や小説観の話も出ず、たわいのない世間話に花が咲いた。ぼくも自分のプロデビューになるかもしれない作品がボツになったことに対する無念さや、悔しさも、きれいさっぱり消えてしまっていた。考えてみれば、プロ作家の穴埋め小説が、デビュー作になるというのも、あんまりかっこうのいい話ではないし、初めて商業誌に載るかもしれないと舞い上がっていた自分に恥ずかしささえ感じていた。

和気藹々としたムードの中で楽しい時間がすぎ、食後のデザートのメロンが食卓に並べられた時、電話の呼出し音が鳴った。野沢さんが立ち上がって、送受話器を手にした。

「やあ、武田書房さんか。ご無沙汰だね。……いやいや、お宅だけじゃないよ。まるっきり坊主の日もある。この状況が続いたら、今年いっぱい持つかどうか危ないね。正直な話、手立てがないね。デパート展に参加しないかという話もあるんだが、売るような品物がないんだから、どうにもならん……。それはそれとして用件というのは……。うん、なるほど。ちょっと待ってくれ」

野沢さんは送話孔を押さえて、ぼくに向かっていった。

「馬場君。明日、一日時間あるかな？　もし、あいていたら頼みがあるんだ」

「はい。とくに、これといった用事はありませんが」

「そうか。……もしもし、すまん。俺は動けないけど、優秀な青年がいるから頼むことにするよ。アルバイト料、はずめよ。じゃ詳しくはFAXしてくれ。番号はこの電話と同じ、自動切り替えだから。で、そのお得意さんてだれだい。企業秘密か。ははははは。……ああ、あの人か。だったら損して得取れの口だな。体調が悪い⁉　それはいかんね。うん、そう、そう。わかった。じゃ、なにかわからないことがあったら、こちらから連絡を入れるよ」

そういって、野沢さんは電話を終えた。

アルバイトというのは、国会図書館での古い雑誌記事の調べだった。武田書房がお得意さんから頼まれたのだが、人手がない。それで、SOSを野沢さんに電話してきたのだ。そう難しい内容ではなかった。その古い雑誌さえ存在すれば、あとはページをめくっていくだけですむ仕事だ。

翌日、ぼくは一週間ほど前に神田神保町の古書店の百円均一台で見つけた、傷みは激しいが次の懸賞小説の参考資料になりそうな『アメリカ通信』という戦前の本を持って国会図書館に向かった。

野沢さんに頼まれた資料が掲載されている雑誌は、幸い存在しており、必要なページもかんたんに見つかった。それでも借り出しから、コピー取りなどをしているうちに、三時間ほどが経過した。ようやくコピーをもらい持参した書類袋にしまうと、永田町駅から地下鉄・半蔵門線に乗った。ところが、ここで事件が生じた。ほんの数駅で乗換え駅の渋谷だけど、楽しみにしていた『アメリカ通信』を読もうと思い、膝の上に乗せていた荷物を見てハッとした。書類袋の下にあるはずの『アメリカ通信』が姿を消していたのだ。

キップを買う時に、財布から千円札を出すために荷物を自動券売機前の台に置いたが、書類袋の下に置いた本を忘れてきてしまったのだ。

（しまった。降りなきゃ！）

そう思って席を立とうとすると、非情にも電車のドアが閉まった。前に渋谷で同じような事があった。あの時は無理をして大切な本の半分を失くしたのだ。

あの時の風景がよみがえり、ぼくは半分浮かせた腰を席に戻した。

『アメリカ通信』は、それほど珍しい本ではないようだから、いずれまた、手に入るだろうとは思ったが、せっかく安く買った本なので残念なのと、自分の注意の足らなさに、ぼくはいささか悄気（しょげ）ざるを得なかった。しかし、頼まれた資料コピーを落とさなくて、まだましだったと、それだけはほっとした。

「やあ、ごくろうさま」

資料はコピーできたと国会図書館を出る時に電話で伝えておいたので、野沢さんは、ぼくが店に入り書類袋を渡すと笑顔でいった。「混んでたかい？」

「いえ、それほどでもありませんでしたが、雑誌が出てくるまでと、コピーを取る時に書く書類がめんどうですね」

「まあ、お役所だからしかたないよ。ちょっと中身を確認させてもらうよ。ＯＫ、これで問題なしだ。ありがとう。まずはコーヒーでも飲むかね」

「はい……」

ぼくが、うかない声で答えた。

「どうしたい。なんか元気がないじゃないか？」

野沢さんが尋ねる。

「ええ、実は、本を落としてしまって」

「落とした？　どういうことだい」

野沢さんは事情が飲み込めずに、ぼくの顔を見た。

「こういうことなんです」

「それで本だけ忘れたのか！」

「はい」

ぼくは、ガックリと肩を落として事情を説明した。

「ははははは。……いや、笑っちゃ申しわけないけど、前回は本の半分を落として今回は一冊丸ごと。そういう話は、わたしも聞いたことがないなあ」

野沢さんがいう。

「あのときは背の割れた、かなりの傷み本でしたから、何人かの人とぶつかった時に、落ちてしまったんだと思いますが……」

「それしか考えられないだろうね。スリだって古本の半分は盗まないと思うよ」

「それはともかく、今回は自分が、うかつだったんだから、しょうがありませんね。とにかく、仕事のほうの資料コピーを落とさなくてよかったですよ」

ぼくも、ようやく諦めがついて苦笑した。

「ふーん。でも、あんまり自分を責めるなよ」

野沢さんが慰めてくれる。

「ええ。もう落ち込んではいません。あの本は比較的、手に入りやすいでしょう」

「そうだねえ。いつも、昔のことをいっては笑われるが、わたしが脱サラする前、熱心に古本屋通いや古書展巡りをしていたころには、ごろごろしてたんだけどな」

「でも、最近は、ほとんど見ないっていわれるんでしょう」

ぼくが笑った。

「そのとおり。こいつは馬場君に一本、取られたね」

野沢さんも笑いながら、頭をかいた。

「大至急必要なら、だれかにあたってもいいよ」

「いえ。また安いの探します。でも百円均一の台には、もうないだろうなあ」

「ヘェ、百円で買ったのか。いくら傷み本でも百円は安いな。わたしなら百五十円はつけるね」

「たいした違いはないじゃないですか」

「そうか。いわれてみれば、そうだな。はっはははは」

野沢さんが笑う。そして続けた。

「とにかく、気にかけておくよ。手に入ったら、連絡するよ」

「どうも、今日は、ごくろうさまでしたね」

野沢さんの奥さんが踊りの指導に出かける前に、麦茶の入ったコップをふたつ、お盆に乗せてもってきてくれた。

「いただきます」

ぼくはコップを取り、麦茶で喉をうるおした。野沢さんもコップを手にする。

「そうだ。さっそく武田書房に、資料を取ってきたと連絡を入れよう」

野沢さんが、帳場の横の電話に手を伸ばした。

ぼくは店の中の本棚を見て歩いたが、内容はあまり変わっていない。漫画本の棚だけが、少し入れ替わっていた。野沢さんが、会うたびごとに本が動かないといっているが、その棚の並びが実情を示しているようだ。

「どうだい。ちっとも売れていないだろう。これじゃ、うちのような場末の古本屋は、遠からず干物になってしまうね。なにか解決策はないかね」

電話を終えた野沢さんが、ぼくに声をかけた。

「ぼくには、なんとも……。全部の古本屋さんが不景気なんですか？」

「あんまり景気は、よくなさそうだね。大学とか図書館、美術館などと取引している店は、そうでもなさそうだが。うちなど、なんの特徴もない店だからなあ」

野沢さんが、ふうっと大きなため息をついた。

それから、前夜と同じように雑談になった。ボツになったショートショートの話もした。

「あの話はね。わたしは、とてもおもしろいと思うよ。戦争讃美というのは論外だし、行進曲がどうのなんてところは、ちょっと調べて直せば問題ないと思うけど、もともとアニメ雑誌向きじゃないんだよ」

「そうですか？」

「うん。きみが力を込めて書いたのはわかるけれど、あれをアニメでも漫画でも映画でも、映像化した時のことを考えてごらんよ。あの話は、ちょっとやそっとじゃ映像化できないだろ。君はそのへんのおもしろさをねらったんだろうが、アニメ雑誌の読者の多くは、文字の小説を読んでも、すぐに頭の中にアニメ化された情景を思い浮かべて読むと思うんじゃないかな。だとすれば、あの作品はアニメファンには、想像できないだろう。だから、かりに掲載されたとしても、評価は高くないと、わたしは思うね」

野沢さんがいった。

「なるほど。おっしゃられれば、たしかに、奇をてらいすぎた話だったかもしれませんね」

ぼくがうなずいた。

「そう、かんたんに納得されてしまっても困るが、わたしは、そういう見方をしてしまうのではないかということさ。あの作品が、小説誌だったら、話は別だけどね。中間小説誌のショートショート・コンテストにでも改稿して応募してみたらどうだい？」

「はい。考えてみます。今回は、とにかく、ちょっと舞い上がりすぎてしまいました」

「それが自分でわかってるようになれば、懸賞小説の入賞も間近そうだな。がんばれよ。ここまで努力してきたんだから」

野沢さんが、ぽんとぼくの肩を叩いてくれた。

「ええ。がんばります。でも、もう数作でやめにして、なにか、きちんとした仕事につこうとも考えているんです。仕事が終わってからでも、少しずつなら書くこともできますし」

ぼくが答えた。

「そうか。そのへんのことは、いまはわたしが口をはさむのはよしておこう。君の問題だからね」

野沢さんがいう。

「ただし、玲子と君のことはわたしも妻も反対しない。ふたりが今後、どうなるかもわからないが、これも口出しはしないよ。けど、いきなり野沢書店二代目店主といわれても、わたしが、もう少し元気なうちは譲れないぞ。できるだけ広く世間を見てもらってからではなくてはね」

野沢さんが笑う。

「はい。よくわかっています。それで、ぼくもフリーターをしながらの作家志望には区切りをつけようかと思っているんです」

「それなら、結構。なんにしても健康には気をつけてくれよ。なにごとをやるにつけても、健康な体じゃないと、仕事はうまくいかないからな。というところで、今夜もうちで飯を一緒に食っていけよ。体力増強に鰻でも取るつもりだから」

う。遠慮は無用だ」
「……してるわけじゃないよ。君がうちで飯を食うのは、せいぜい月に三、四回だろ
「いつも、そんなに……」
「じゃ、おことばに甘えて」
「そうしてくれ。ああ、これはアルバイト料だ。うっかり渡すのを忘れるところだっ
た。このお金はちゃんと武田書房に請求するから、資料探索の報酬として受け取って
おいてくれ」
野沢さんは茶の封筒を、ぼくに渡してくれた。
「すみません。じゃ、こちらも遠慮なく」
ぼくは封筒をふたつ折りにして、Tシャツの胸のポケットにしまった。
「そういえば、君はいつもTシャツは胸にポケットのあるやつを着ているね」
「ええ、ぼくは鞄類を持つのが嫌いなので、上着を着ない季節には、ポロシャツとか
Tシャツとか、ポケットのあるものを着て、そこになにかしまうことにしてるんです。
案外便利ですよ」
「ふーん。そういう理由がちゃんとあるんだな。デイパックというのは、背負ったり
降ろしたりがめんどうだし、電車やバスの中では迷惑するからな」
「そうなんですよ。あれには、どうもなじまなくて。国会図書館の入館カードなんか

も、ズボンのポケットに入れておくと、ハンカチを取り出した時に落としてしまうことなんかがありますが、胸のポケットは安全です。電車のキップなんかもそうです」

ぼくがいった。

「というと、実は君はその失敗を経験しているな」

野沢さんが笑った。

「バレましたか」

「失敗しましたって、顔に書いてあるよ」

「でも、本当に便利なんですよ。最近はたいてい両手に古本の袋を持っていますしね」

「ああ、神保町あたりで、よく見かける姿だね。その点、風呂敷は便利なんだが、最近は使う人が少なくなったね」

野沢さんがいった。

「古本を包むには最高なんですけど、古書展なんかで風呂敷は出しにくいですからね」

ぼくも笑う。

「資源の節約にもなると思うんだけどなあ。こんなことをいうのは、歳を取ったせいかな」

野沢さんも笑った。

やがて野沢さんの奥さんも、踊りの指導の仕事からもどってきた。野沢さんが、今夜は鰻を取ろうというと、奥さんも賛成した。注文の電話を聞くともなしに聞いていると、鰻重を四つ頼んでいる。ということは、玲子もくるらしい。

「今夜は、わたしのポケットマネーで支払うからな」

「それはそれは家計が助かりますわ」

奥さんが答えた。

ぼくは、鰻重よりも二日続けて、玲子と一緒に食事ができるのかと、喜んでいるところに、当の玲子がやってきた。

「ただいま。いらっしゃい、馬場さん」

玲子は淡い緑色のワンピース姿だった。

「はい。これ山本書林さんからの頼まれもの」

玲子は手にした紙袋の中から、一冊の本を野沢さんに渡した。

「やあ、ごくろうさま。助かったよ。今日はわたしが動けないので、おまえや馬場君にフル回転してもらってしまったな」

「いいわよ。忙しい時は、それぐらい手伝うわ。ところでね、お父さん。帰りの電車の中で、ふしぎな本を拾ったわ」

玲子がいいながら、ふたたび紙袋の中に手を入れて、一冊の汚れた本を取り出した。

「これなんだけど……」

玲子が、ぼくたちの前に差し出した本を見て、思わず、ぼくは「あっ!!」と声を出した。なんと、それは、ぼくが永田町の駅で落とした『アメリカ通信』だったのだ。

「車内に転がっていて、だれも拾わないから持ってきちゃったの。あまり汚れてるから気がひけたけど、屑カゴに捨ててしまうのはかわいそうな気がして」

「若い娘が、汚れた表紙のとれそうな本を拾うには、勇気がいっただろう。おまえも、すっかり古本屋の娘になってしまったな」

「みたいだわ。で、馬場さん、なんで、この本見て、びっくりしたの？」

玲子が質問した。

「その本、ぼくが落としたんだよ。表紙の裏にぼくのサインが入っているはずだよ。玲子さん半蔵門線に乗ったの？」

「ううん。わたしは日比谷線で帰ってきたんだけど……」

そこで、ぼくは、その本を落としたてんまつを玲子に説明した。

「どういうことかしら？」

「なんとも、奇妙な話だねえ」

野沢さんもいう。

「馬場君が半蔵門線の駅で落とした本を玲子が日比谷線の車内で拾ってきた。落としたのも拾ったのも、それだけならふしぎじゃないが、違う路線の電車というのは、どういうことだろうな。どうだい、名探偵の玲子氏としては、どう考える?」

「わからないわ……。どういうことかしら?」

玲子も首を横にふるばかりだ。

「まさか、この本は玲子に拾ってもらわなければいけないと、自分でテレポートしたわけでもないだろうしなあ」

「ふしぎですねえ」

ぼくがいった。それから、三人であれやこれやと理由を考えたが、どれも、いまひとつ満足、納得のできるものではなかった。

「おそらくは、馬場君が落とした本を見て、拾ったら、案外おもしろいので読んでいた。その人はなんらかの理由で日比谷線に乗り、もう不要になったので捨てた。それを玲子が拾った——ということになるんだろうが、捨てる時に網棚に乗せずに電車の床に捨てるというのもふしぎだな」

「それに電車は始発駅や終着駅で車内検査をやるでしょ。こんな本を見逃すわけはないと思うのよ」

「昔流行った、ふしぎだが本当だ、というやつだね」

野沢さんがいったところに、鰻屋がやってきた。

「ちわー、毎度！」

この威勢のいい声に、会話は途切れた。奥の部屋から奥さんが出てくる。玲子が手伝って、鰻を居間のテーブルの上に並べ始めた。野沢さんは財布を開いて代金を払う。

「さて、鰻重でも食いながら、もう一度、本の謎を考えてみるか。これも小さい事実だけれど、説明のつかない歴史の断片といっていいのかもしれないな。それにしてもだね。馬場君の落とした本をよりによって玲子が拾って、持って帰ってくるというのは、ほとんど奇蹟に近いな。神様のいたずらかもしれないぞ。なあ、母さん？」

野沢さんがいった。

「本当に珍しいことみたいですわね」

奥さんが答えた。

謎解きは、まだ始まったばかりだった。ぼくは、翌日にでも網の目のように走っている地下鉄の路線を調べてみようと思っていた。どういう動きや連絡経路を取れば、時間差一時間ほどで『アメリカ通信』が半蔵門線から日比谷線に移行することができるのか。

ぼくがそういうと、野沢さんがいった。

「馬場君、それなんとか解明してみろよ。おもしろいミステリーが書けるかもしれないぞ」

「わたしも、いま、そう思ったの。手伝うわ。詳しい地下鉄の路線地図を買ってきて考えてみましょうよ。それで、解明できたら、絶対におもしろいミステリーができあがると思うわ」

玲子も大賛成だ。

「楽しそうでいいわね」

奥さんが笑った。


午後十時ごろ、武蔵小杉のアパートに帰ったぼくは、奇蹟の巡り逢いとなった『アメリカ通信』の破れそうな表紙を、接着剤で張り合わせていた。本職の本の修理屋さんに頼めば、もっとうまく張り合わせができるだろうと思ったが、百円で買った本に、そこまで費用をかけるつもりはなかった。とりあえず二つに千切れそうなものを一冊の形に、もどせばいいのだ。どうやらたいしたずれもなく、張り合わせができたので、接着剤が乾くまで洗濯ばさみで押さえておくことにし、洗面所で手を洗っていると電話の呼出し音がなった。

ぼくは急いで手を拭き、電話を取った。

「はい。馬場ですが」

「やあ、馬場。長谷川だよ。ショートショートの件では、本当に申しわけないことをした。それで、あの原稿をうちの社の文芸雑誌『小説未来』の編集長に読んでもらったんだ。すると、これは、おもしろい。少し語句を直してもらえば掲載できるっていうんだ。どうだい、明日にでも『小説未来』の編集長と会ってみないか。もし、時間がないようだったら、編集長が勝手に一部の直しをしてしまっていいかともいってるんだが、俺としては編集長と顔合わせをしておいたほうが、今後のためにも得策だと思うんだが」

長谷川がいった。

「その話、本当かよ。また一昨日みたいに、寸前でボツってことはないだろうな」

ぼくも今度は舞い上がらず、冷静な口調でいった。

「いや、今度は間違いないよ。もしおまえと会えなくても、少し訂正して載せるといってくれているんだから」

長谷川が、力を込めていった。

「そうか。だったら、もちろん、ご挨拶にいくよ。掲載誌もアニメ雑誌より『小説未来』のほうが、一般的にはメジャーだしな」

ぼくが答えた。

「まだ創刊五年足らずの雑誌だけど、おまえのいうとおり、俺の編集しているアニメ雑誌よりは注目されるかもしれないな。俺もおまえに、ぜひ一流の作家になってもらいたいからな」

「サンキュー。で、何時ごろ、どこにいけばいいんだ」

「こないだ待ち合わせした社の近くの喫茶店で、午後三時ということにしよう。都合つくかい」

「だいじょうぶ。三時ならなんのさしさわりもないよ」

ぼくがいった。

「じゃ、そういうことにしよう。一昨日みたいな、おまえの顔に泥を塗るようなことは、絶対にしないから、安心しててくれ。ただショートショートだし、まだプロとしての経歴のないおまえだから、目立つページはもらえないと思うよ。中間の黄色ページになってしまうかもしれないけれど、それは納得してくれるな」

長谷川がいった。

「もちろん。俺のような素人の小説だもの、載せてもらえさえすれば、どこでもいいさ」

「では交渉成立だな。明日の午後三時、待ってるからな」

「ありがとう。必ずいくよ」

ぼくは、そう答えて電話を切った。

ふたつの不運は、こうして、ふたつの幸運に逆転したのだった。

ぼくは口笛を吹きながら、お湯を沸かし夜食のカップラーメンに注いだ。ふだんは味気のない香りしか感じない、ラーメンの匂いが、いつもより、ひどく食欲をそそる匂いに思えてならなかった。

実際にはいつもと同じカップラーメンだが、やはり、その味は、いつもとはひと味もふた味も違うようでうまい。ぼくは、ラーメンを啜りながら、この結果を野沢さんや玲子にすぐ知らせようかと考えたがやめることにした。それより作品の掲載された雑誌を見せて驚かせたほうが楽しいと思ったのだ。

ラーメンを食べ終えると、ぼくは窓を開け空をながめた。

（人間の運、不運ってだれが決めているんだろうな……）

心の片隅を、そんな感情がよぎっていった。

最終回
大逆転!!

「それで？」

口許に微笑をたたえながら、話を聞いていた野沢書店主人の野沢勝利さんが、ぼくがひと息ついたところで、先を促した。

「はい。そしたら、その人が『えーと』といって、重ねられた本の中から〈海洋文学研究〉を抜き出し、『これを買うのをやめます』といったんです」

ぼくがいった。それから紅茶をひと口飲んで続けようとした。と、野沢さんが今度は、ぼくの話を遮る(さえぎ)ように口を開いた。

「ちょっと待った！　それから先は、わたしが話してやろう」

「えっ？」

「まあ、いいから。それで馬場君は胸をどきどきさせながら、その様子をじっと見ていた——で、その他の本が帳場のアルバイトによって包装され、その人が代金を支払って出口に向かった時、カウンターの上に取り残された〈海洋文学研究〉に飛びつくようにして『これ、買います!!』と、周囲の人々が驚くような声をあげた。違うかい？」

野沢さんがいった。ぼくは一瞬、ぽかんとしてしまって返事ができなかった。やっと口を開くことができたのは五秒ほどしてからだった。

「……その通りです。でも、どうして野沢さん、そのことを。古書展に行って見てらしたんですか？」

「見てなんかいないよ。わたしは一昨日の古書展には行ってないからね」

「じゃ、同業のどなたかから……」

「いや」

野沢さんが、首を軽く横に振る。

「先にいってしまうと、わたしもかつて、君とまったく同じ体験をしたことがあったからさ」

「野沢さんも……」

「ああ、もちろん品物は馬場君のとは違うけれどね。わたしの場合は『杉下茂物語』という本だった。杉下茂って知ってるかい」

野沢さんが質問した。

「ええ、もちろん知ってますよ。戦後初期の名投手でしょ。日本で最初にフォークボールを投げたっていう。えーと、チームは大洋松竹ロビンス」

ぼくが答えた。

「もちろん知ってるっていわなければ、褒めてやるんだがな。大洋松竹ロビンスの名を出したあたりは、たいしたものだ。けど答えは不正解。杉下は中日ドラゴンズのピッチャーだよ」

野沢さんがいった。

「あっ、そうでした。西鉄ライオンズと日本一を争って優勝した時の……」

「そうそう。じゃ、その時の中日の監督は？」

「天知監督でしょ。名前までは知りませんけど。ビデオでしか見ていませんが、天知茂って俳優が、中日ファンで芸名の姓を監督の天知から取り、名前を杉下から取ったって、なにかの本で読みました」

「さすが、さすが。そのエピソードまで知っていれば立派なものだ。個性派のいい俳優で主役も悪役も、どちらも器用にこなしてね」

野沢さんが説明する。

「その天知茂が『杉下茂物語』と関係あるんですか？」

ぼくが質問した。

「やっ、話をすっかりそらしてしまった。天知茂は、無関係だ。『杉下茂物語』という本のことだった。あれは、わたしがまだ脱サラをする前のことだよ。ある日……」

野沢さんが語り始めた。

そのころ、すでに、かなりの古書ファンになっていた野沢さんは、勤めていた会社に遅刻する旨の電話を入れて神田小川町の東京古書会館の即売展に足を運んだ。その日の古書展には、なにか掘り出し物がありそうな予感がしたのだという。ところが勘は外れて、欲しい本はない。もう帰ろうと思った時、出口に近い棚に昭和二十九年刊行の『杉下茂物語』を見つけた。

それは野沢さんが、数年探していた本だった。少年時代、近所の貸本屋さんで借りて読み、とにかくおもしろくて感動したそうだ。やがて、大学を卒業しサラリーマンになって本格的に古書集めを始めたが、『杉下茂物語』は刊行元の出版社が小さく、すでに潰れてしまっていたせいか、あるいは運が悪かったのか、どうしても入手することができないでいた。

その本を見つけたのだから、野沢さんは胸を高鳴らせた。で、本に手を伸ばそうとした時、となりにいた老人が一瞬早く、それを棚から抜き出してしまった、というのだ。それからあとは、ぼくの〈海洋文学研究〉のケースと、まったく同じ。老人は、すでに左手に五、六冊の本を抱えていたが、ぱらっと後ろの見返しの価格表を見ると、そのまま抱えている本の上に重ねてしまった。

「わたしも、価格表を見たけど五十円なんだよ。当時、その本の値段としては、高く

もなく安くもなかったけど、それを老人が抱え込んでしまった時は、もう口では表現

できないような悔しさだったね。『その本、ぼくに譲ってください』と、喉のところ

までことばが出かかったけれど、そんな図々しいこともいえないし、ほとんどの集書

家の心理として、そんなことをいわれると、かえって譲りたくなくなってしまうもの

なんだ」

けれど、野沢さんは『杉下茂物語』が、諦めきれなかった。どうにもならないと思いながらも、その老人の後をついていった。老人は、抱えていた本を帳場のカウンターの上に置いた。係の店員が値札をはがしながら、暗算していった金額は「千五百五十円」だった。老人は財布を取り出し、支払いをしようとしたが「……ん」と首をかしげた。「こりゃ、いかん。もう五百円入れてきたつもりだったが……。じゃ、すみませんが、これを除いてくれませんか」。そういって、脇に置いたのが『杉下茂物語』だった。

「老人が帳場を離れたとたん、わたしは本に飛びつくようにして『こ、これ買います!!』って、会場中に響くような大声を出してね。当時の神田の古書会館の帳場は奥のほうにあったんだが、バッタかキリギリスみたいに本に飛びかかったんだからね。いまでも思い出すと恥ずかしくて、冷汗が出そうだよ。古本屋になってからも、しば

らくその場に居合わせた、先輩同業者から『バッタの野沢君』なんて、からかわれてね。その時、出品していた各書店の先輩たちは、わたしが、どんな稀覯本を掘り出したのかと、帳場に集まってきたそうだ。けれど、わたしは、もう嬉しいやらみっともないやらで、そそくさと本を抱き締め、表に駆け出してしまったから、はっきりした記憶はないがね」

野沢さんが、いかにもおもしろそうに笑いながらいった。

「ぼくも、まったく同じです」

ぼくは、頭をかいた。

「それで、君の話を聞いて『ははあ、やったな!!』と思ったわけだよ。でもまあ〈海洋文学研究〉が手に入ってなによりだったね。あの雑誌は創刊号だけで、潰れてしまったから、わたしの『杉下茂物語』より貴重な資料になるかもしれないよ。おーい、母さん。紅茶を、もう一杯、入れてくれないか」

野沢さんが、店の奥に向かって声をかけた。

「はーい」

奥さんが返事をした。

「わたしの場合は、そのあとのドジがあってね。当時は、まだ少なかった古書目録に、今度は『著者サイン入り』って注の付いた同じ本を見つけたんだ。五百円だったかな。

それで買ってみたら、確かに著者のサインが入っているんだけど、『杉下茂物語』っていうのは、よく考えたら本人が書いた本じゃないんだよ。それを、すっかり忘れていて、注文した時は、これで杉下のサインが手に入ると思っていたんだ。ところが届いた本を見たら、著者のサインだった。古書ファンだけじゃないかもしれないが、欲しい本があると、思考回路が混線してしまうようだね」

「それはありますね。目録注文なんかでも、自分の欲しい本のタイトルを見つけると、抽選制なのに、もうすっかり自分のものになった気がしてしまったりして……。外れてから、筋違いなのに腹を立てたり、大ショックを受けたり……」

ぼくがいった。

「古書集めも、そこまでくると本物だな。馬場君も、初めて会ったころと比べると、ずいぶん古本の世界にのめり込んでるね。それが、いいか悪いかはわたしには、なんともいえないが、まあ、ほどほどにね。これは、古本屋の親父のいうことばじゃないかな」

野沢さんが、また笑った。そこに奥さんが紅茶を運んできた。

「お話が弾んでいるようね」

「なに、馬場君が、例のわたしの『杉下茂物語』と同じ騒動を、一昨日の古書展でやらかしたというんでね」

野沢さんが、紅茶カップを受け取りながらいった。

「まあ……。じゃ、同じ本を三冊も買ってしまったの？」

奥さんが質問する。

「いえ、一冊だけです。でも、野沢さんは三冊なんですか？」

ぼくが、野沢さんの顔を見た。

「おい、母さん。よけいなことをいうなよ」

「はい、はい。じゃ、ごゆっくり」

奥さんは、口許を緩めながら奥に消えた。

「野沢さん……」

「判った、判った。皆までいうなよ。もう一冊の説明をすればいいんだろう。これは、どうってことはないんだ。その後、今度は正真正銘の杉下茂サイン入り本を買ったのさ。それで、まだ君にも見せたことのない、わたしの部屋の私的本棚には『杉下茂物語』が三冊並んでいるというわけだ。話は二冊までのところで、やめておこうと思ったのに母さんのやつ……」

野沢さんが、ちょっぴり照れたような表情で紅茶に口をつけた。

「なにしろ、あの当時は貧乏サラリーマンだったからな。三冊目を買った時は、母さん、オカンムリでね。でも、脱サラして古本屋になったら、もっと貧乏になっちゃったよ。母さんにも、苦労かけっ放しだ」

　野沢さんは、最後のひとことを声を高くしていった。

「そんな大きな声を出さないでも、ちゃんと聞こえてますよ」

　帳場の後ろの居間のほうから、奥さんの声が返ってきた。

「でも、あなたは演劇をやらないでよかったわ。何度、同じせりふをいっても、ちっとも上手にならないんですから。ねえ馬場さん」

　急に奥さんにことばを振られたので、ぼくは咄嗟に返事ができなかった。

「あっ、はい。その……」

「馬場さんも、演劇はダメなほうね」

　姿は見えないが、奥さんはクスクス笑っているみたいだ。

「うん。だから馬場君には、野沢書店の二代目に……」

　いいかけて、野沢さんがことばを止めた。

「玲子が、それでいいっていったんですか？」

　奥さんのことばは、野沢さんに向けられたものか、ぼくに対してか判断できなかった。玲子というのは、野沢さんの次女で大学の四年生だ。何度、懸賞小説に応募しても佳作にも選ばれない、フリーター生活をしながら作家を目指しているぼくとの交際を、ご夫妻で認めてくれている。とはいえ来春には玲子も大学を卒業するし、ぼくも、そろそろ定職に就くことを考えていた。

その定職の選択肢のひとつとして、野沢書店の店員もあった。野沢さんは店をぼくと玲子に任せ、自分は大学時代の友人が経営する某出版社から誘われている雑誌編集部長職に転職したい気持ちを持っていた。ところが、つい先日、ひょんなきっかけから、ぼくのショートショートが友人の勤める著名出版社の中間小説雑誌に掲載され、次作の注文も受けたのだ。だが今後、作家として食べていけるかどうかは、まったく自信がない。この半月ほど、ぼくの心は揺れ動いていた。

「いや、まあ。……その話はいずれ」

野沢さんが、困ったような顔をして小声でいった。

「ほんとうに、ごめんなさいね。馬場さん。勝手にあなたのことを……」

奥さんが、小走りに帳場のほうにやってきて、ぼくに頭を下げた。

「いえ、ぼくはなんとも。おば……、いや、お母さん、頭を上げてください」

ぼくは野沢さんの奥さんを、初めて「お母さん」と呼んだ。頭を上げた奥さんの頬が、心なしか紅くなっているように見えた。ほんの数秒、三人の間に沈黙が訪れた。

「ああ、思ったより時間が、かかっちゃった」

辺りの空気をはじき飛ばすようにして、玲子が店に入ってきた。

「あら、玲子。今日、こっちにくるなんていってなかったじゃないの?」

奥さんが、タイミングよく飛び込んできてくれた玲子を見ていった。ぼくは、ほっとした。野沢さんも、同じ気持ちだっただろう。「うん。今日は、そのつもりはなかったんだけど、早稲田の古本屋さんで、変な本を見つけたので、お父さんに見てもらおうと持ってきたの。あっ、それから、お母さん、もう夕食の準備はできている?」

「いいえ。これから考えようと思っていたところよ。馬場さんも、お見えだし、なにを作ろうかと……」

「ごめん。馬場君もきてたのね」

玲子が、ぼくのほうに視線を移していった。

「おい、玲子。馬場君に『きてたのね』は、ないだろう。すまんね、礼儀を知らんやつで」

野沢さんがいった。

「いいえ、ぼくは……」

答える、ぼくのことばを玲子が遮った。

「だって、お父さん。浩ちゃんは、もううちの人と同じだもの、いいじゃない。ねっ、怒ってないでしょ、浩ちゃん?」

もちろん、怒っているわけはなかった。それに、もし、ぼくが怒っていたとしても、玲子に、先にこういわれては、なにもいえるはずがない。玲子は、どんな深刻な場面でも、周囲を朗らかにしてしまう、天性の明るさを持っている。ぼくが玲子に、急速に魅かれていった理由のひとつが、それだった。

「そうか。馬場君は、玲子にとっては、すでにわが家の一員か。そうだよなあ。わたしにとっても、母さんにとっても、馬場君はわが家の家族同然だが、なるほど、いまの若い者の表現のしかたには、それなりの筋が通っているんだね……。いや、そんな話は、もうやめにしよう」

野沢さんがいう。

「それでね、お母さん。浩ちゃんが、きているとは思わなかったけれど、たまには親孝行もしなけりゃって、高田馬場でおいしいと評判の店から大阪寿司を買ってきたの。四人前、買ってきたから、ちょうどよかったわ。はい、これ」

玲子が手提げの紙袋から、ビニール袋を取り出して、奥さんに渡した。

「まあ、どうした風の吹き回しでしょう。――なんていうと、玲子に怒られそうだから、ありがたく戴きますよ。このお寿司に、なにかあり合わせで、ひと品とお吸い物でも作れば、四人でも足りなくはないでしょう。ね、あなた」

奥さんが、野沢さんに向かって、なにか問いかけるようにいった。

「うん」

野沢さんは、そういって軽くうなずいただけだった。奥さんは、お寿司を持って部屋の奥に入っていく。

「お寿司じゃ、物足りなかった？」

玲子が、野沢さんにいった。

「馬鹿！　おまえが気を利かせて買ってきてくれた物に不足があるわけはないだろう。馬場君の前で、わたしに恥をかかすな」

野沢さんが怒ったようにいったが、そのことばと気持ちが、まったくの正反対であることは、まだ社会人になって十年にもならない、ぼくにも読み取れた。

「それで、変な本を見つけたって、なにを買ってきたんだい？」

野沢さんの口調が、いつもと同じ調子にもどった。

「これ」

玲子が、ふたたび紙袋の中から一冊のB5判ぐらいの薄い本を取り出して差し出した。表紙に白いといっても、手垢がこびりついているカバーのかけられた本だった。

「均一台にあったの。カバーがかかっているから、なんだろうと思って、ページを開いたら『ユートピア』って書いてあるじゃない。ほら、お父さんの友達でユートピア関係の古本を集めている人、いるでしょう」

玲子が説明した。

「ああ、中田君か」

野沢さんが、玲子の顔をやっと、まともに見て答えた。

「よく、覚えていたね」

「とくに気にかけていたわけじゃないんだけれど、中田さんがお店にこられて、お父さんと怒鳴り合うように話していらっしゃったのが、すごく印象的だったの」

「そうか。あの時、おまえは店にいたのか。わたしは、申しわけないが、まったく覚えていないよ。歳をとったな。あれは、たかだか十年ぐらい前のことだろう？」

「わたし、中学一年だった」

玲子が答えた。

「奥の部屋で、マンガを読んでたら、お父さんたちの激論が聞こえてきて」

「それは、せっかくの楽しみを邪魔してしまって、すまなかったね。中田君は全体主義ユートピア論を展開する。わたしは資本主義ユートピアを主張するで、侃々諤々（かんかんがくがく）ってわけだ。いまはもう、あんなに口角泡を飛ばすような論戦をする体力はないだろうな。そういえば、ここしばらく、彼からも連絡がないな。ちょうどいい。おまえが見つけてきたという、この本を種にして電話でもしてみるか」

「でも、その本は役には立たないと思うわ」

「なぜ？」

野沢さんが、手にしている本に視線を向けた。

「お父さん、いままでお店で、その本、扱ったことない？　わたし、とりあえず買ったはいいけど、電車の中でページをめくって、扉を再確認したら『新作小説ユートピア』って書いてあるのよ。なんだか、変な気持ちで、二、三ページ読んで、あわてちゃった。それって、トーマス・モアの『ユートピア』じゃなくってエッチな本なのよ。奥付も見ずに安いからというだけで買ったんだけど、奥付なんか、もちろんないし」

「は、あん。昭和二十年代から三十年代に流行った春本か。それにしては、ちゃんと活字で組んであるな。……ああ、ほんとうだ。これは……」

「でしょ、だけど、ひどい内容なのよ」

「そういう本なら、当然じゃないの？」

ぼくが口をはさんだ。

「ううん。浩ちゃんがいう、ひどいというのとは、たぶん意味が違うわ。エッチな内容の官能小説なんて、いまは雑誌でも文庫でも、いくらでも読めるでしょ。昔は発禁だった世界的に有名な本も、誰でも手にできるわ。だけど、この本に書いてあることは、もう、筋も文章もめちゃくちゃなの」

玲子が笑った。

「おまえ、これ全部、読んだのか？」

野沢さんが、びっくりして顔をあげた。

「ええ、最初はエッチな本と気がついてあわてたけれど、表紙にはカバーがかかっているし、イラストが入っているわけじゃないから、読んじゃった。それに隣の席の人は、携帯で遊んでいる、もうひとりの人は居眠りしているんですもの。薄い本だし、十五分ぐらいで読み飛ばしちゃった」

「それにしても、若い娘が大胆なことを」

野沢さんがいう。

「でも、わたしだって文学部の学生よ。それに、なにより古本屋の娘なんだから。お父さんに渡すからには、一応、内容を確認しておかなければと思ったの」

「それは……。みごとな方便だな。そう、いわれたら、わたしも反論のしようがない。玲子も、いつのまにか大人になったな。それも、わたしが考えていた以上に、常識的な考えをする人間になったと思うが、どうだい馬場君」

野沢さんが苦笑とも微笑ともつかない、表情でいった。そして、手にしていた本をぼくに渡してくれた。ぼくは、それまでのふたりの会話で、その本を見たくてたまらなくなっていたのだが、いましがたの野沢さんのことばで、一瞬のうちに本のことなど、どうでもよくなった。それより、ぼくは野沢さんと玲子の顔を見たかった。しかし、それはできなかった。また、見てはいけないとも思った。そのまま、受け取った本を、ぱらぱらと繰った。

玲子のことば通り、くだらない本だった。それから、こんな春本に、男たちが胸をときめかした時代を想像しようとしたが、頭の中にはなにも浮かんでこなかった。

「……そうか」

ぼくの気持ちと、まったく無関係に、ことばが、ひとりでに口を開かせた。これまで、そんな経験は、一度もなかった。が、すぐ、そのあと、その体験の意味が判ったような気がした。

「『そうか』って、なにが？」

玲子が質問した。

「うん。いま突然、気づいたみたいだよ。ぼく自身、まだ、うまく口では表現しにくいけど」

ぼくが、小さな声で、ゆっくりと返事した。

「どうしたの、浩ちゃん？　ぼけっとして、どこか具合でも悪いの」

玲子が心配そうに、ぼくの顔を覗きこむ。

「どこも、悪くないよ。いや、悪いのかな」

「どうしたい、馬場君」

野沢さんの声も、いぶかしげだった。

「いえ。いまいったように、自分でもうまく表現できないんですが、この本をめくったら、ぼくの応募した、これまでの懸賞小説が入選しなかった理由が判ったような気がしたんです」

「それはそうよ。入選しないとはいっても、浩ちゃんの小説は、そのエッチな本なんか問題にならないほど、文章も内容もうまいわよ」

玲子がいう。

「ありがとう。でも、それは褒めことばでも、あんまり嬉しくないよ。偉そうないいかただけど、ぼくは、こんな小説は書いたこともないし、これからも書く気は、さらさらない。だけど玲子さんにいわれなくても、もう少しは小説らしいものを書いていると思ってるよ。ぼくが、いおうとしたのはね……」

ぼくは答えながら、また、ことばに詰まった。

「もう、じれったいなあ。浩ちゃん、なにがいいたいのよ。ねえ、お父さん」

野沢さんは、無言だった。

「ごめん、ごめん。わざとじらしてるんじゃないんだよ。ことばを探してるんだ。これは当たっているかどうか、まだ、判らないよ。だけど、この本をめくってみたら、こんな内容に胸を昂(たかぶ)らせた人のいた時代が、全然、ぼくの頭に浮かんでこないんだ。たぶん、これ二十五年か三十年ぐらい前の時代の本だろ。それをめくってみて、時代が想像できない程度の頭じゃ、当然、入選するような小説なんか書けっこないと思ったんだけど、違うかな？　違いますか、野沢さん」

「おいおい、いきなり話をわたしに振ってくるなよ。……うん、そうだなあ。それが、君の小説が入選しない理由のすべてとは思わないけど、大いに考えられるね。わたしにも、それ以上は、なんともいえない。どうも、今日は、困った日になったなあ……。ちょっと、顔でも洗ってこよう」

野沢さんの声の最後は、部屋の中から聞こえた。

「わたし、なにか悪いことといっちゃったのかしら」

玲子が野沢さんの後ろ姿と、ぼくの顔を交互に見て、小声でいった。

「いってない、いってない。少なくとも、ぼくには玲ちゃんは、ヒントを与えてくれた恩人になるし、野沢さんも玲ちゃんのいったこと、全然、悪いなんて思ってないはずだよ。もちろん野沢さんの心の中が、ぼくに判るはずはないけれどね」

「だって」

「いいんだよ、気にしなくて。たぶん、お父さん、いま嬉しくて、ここにいられなくなったんだよ。玲ちゃんのことばにね。それで、ただでさえ、ここにいるのが、むず痒かったところに、ぼくがよけいなことをいっちゃったもんだからさ。悪いとしたら、ぼくのほうだ」

「ふーん。なんだか、よく判らないけど、お父さんが喜んでくれて、浩ちゃんが元気なら、あたし、それでいいわ」

玲子が明るい声でいった。

「そうそう、それでいいんだ。それよりも、玲ちゃん。この本の表紙、気にならない？」

ぼくが、本に目を落としていった。

「なるなる。興味津々よ。わたしも内容は、電車の中で読んじゃったけど、そのカバーは外せなかったの。そんな厚い紙でカバーしてあるんだから……」

「外してみようか？　野沢さんに叱られるかな」

「だいじょうぶよ。わたしも学校では、ぼかしなしの江戸時代の春画なんか、いくらでも見ているもの。まさか、電車の中では見たことはないけど」

「よし、じゃ、外してみよう。せめて表紙画ぐらい、ちょっとはドキっとするものであって欲しいなあ」

「さあ、どうかしら。開けてびっくり玉手箱ってとこね」

玲子が、いまでは死語みたいなことばを使った。ぼくは、どうでもいいようなものだけど、本を傷めないように、固く折り込まれ、四隅が変色しかかったセロテープで止めてあるカバーを、取り外した。

「わあ、なにこれっ！　やっぱり、開けてびっくり玉手箱よ」

玲子が、ぼくの顔を見て、同意を求めるような口調でいった。

「なんなんだ、この本。さっき玲ちゃんが店に入ってきた時、変な本っていったけど、ほんとうに変な本だな。表紙画には、多少、期待してたんだけどなあ」

ぼくも、拍子ぬけして、なんともいいようがなかった。厚いカバーの下に現れた表紙は、グレー一色で、そこに『ユートピア』という文字が黒で横書きで印刷されているだけだったのだ。内容が内容だから、たとえ稚拙でも、表紙には少しは刺激的なイラストが描かれているだろうと思っていたのだが、それすらもなかった。

「多少なりとも、期待してた、わたしたちって馬鹿みたいね。ふふ……」

思わず笑い出してしまった玲子につられて、ぼくも笑わずにはいられなかった。

「でもさ、浩ちゃん。これって、お父さんぐらいの年齢の人たちが隠し読みした本でしょ。だから、いまとは反対に、いかにもエッチな本じゃないですよって思わすために、こんな表紙やタイトルにしたんだと考えれば、納得できるわよ」

「これなら、教室の机の上に置いてあっても、誰もなんとも思わないものね。けどね、玲ちゃん。やっぱり、この本、変だよ。だったら、なんでこんな厚紙でカバーをかける必要があるんだい？」

ぼくが、いましがた外した手垢に汚れた白いカバーを見ながらいった。

「あっ、そっか」

玲子が答えた。

「ほんと、変な本ね」

ぼくたちは、顔を見合わせた。

「そんな、頭をひねる問題でもないと思うよ」

それからもしばらく、ふたりで、あれこれいっていると、席をはずしていた野沢さんが玲子の後ろから声をかけた。

「これ、そんな不思議な本じゃないんですか？」

ぼくがいう。野沢さんは帳場に座ると、軽くうなずいてから口を開いた。

「たぶんね。おそらく、この本は昭和三十年代前半ごろに印刷されたものだと思う。紙や活字やインクの色からしてね。といっても、あくまで推測だからね。わたしが自慢しているなんて思わないでくれよ。これでも二十年も古本屋をやってれば、経験でそれぐらいの想像はできるんだ。で、本の話にもどるけど、これは、香具師（やし）の叩き売り本じゃないかな。昔、縁日やお祭りなんかで、わけの判らないものを売ってたの知らないかい？」

「ああ、ぼくの子どものころにも、まだ、ありました」

「そう、それ。君の子どものころは、もう、こんな本は売ってなかっただろうけど、わたしの少年時代には、あちこちで売ってたよ。ただし、子どもが近づくと、品物を覗き込んでいる客の、さらに後ろにいるサクラ兼見張りの香具師仲間に追い払われたがね。……そうか。してみると、あのころの香具師なんかでも、春本は子どもには売らないって道徳観念があったんだな。まあ、それはいいや。それで、その本はその香具師が売ってたんだよ、きっと」

「でも、それだったら、なおさら、こんな表紙じゃ売れないんじゃないんですか?」

ぼくが反論した。

「馬場君、さっき、わずか二、三十年前の光景が頭に浮かばないって、いわなかったかい?」

「いいました。けど……。ああ、そうか!! じゃ、この厚紙のカバーは最初から香具師がかけておいて売ったんですね。『さあ、このカバーを外せば、なにが飛び出すか⁉』って調子で」

「うまいね。君は、作家より香具師になったほうがいいかもしれないぞ。最近、香具師も減ってるようだから」

野沢さんが、からかう。

「また、野沢さん」

「お父さん、そのころ、もうセロテープってあったの？」

　玲子が質問した。

「……ん。あったと思うが、これは調べてみないと自信がない。それに、もし、あったとしても、当時としては結構、高価だったろうな。香具師は、できるだけ金をかけないで売りたいはずだから……。ちょっと待てよ。それは、後で考えることにしよう。ともかく玲子は、もしセロテープがなかったとしたら、このテープはというんだろ。だけど、なんにしたって香具師に騙されて買った人間は、一度は、この本のカバーを外して見るに決まってるじゃないか」

「それは、そうだと思う」

　玲子が答えた。

「だけど、香具師はできるだけ儲けたいんだから、でしたら表紙に『ユートピア』なんて、印刷する必要もないいんじゃないですか？」

　ぼくが、また野沢さんの説明に異議を唱えた。

「いや、そうじゃないと思うね。この本を書いて、印刷した人間、あるいはグループと、売った香具師は別じゃないかな。ほら、以前、実は大学の総長が書いたという、出来のいい春本があっただろ。それこそ当時は、手書きから活字印刷のものまで、とうてい実数など把握できない数の春本が出回った。その九十九パーセントは、これと同様だが、残りの一パーセントの中には、ある程度、名が知られたものもあったんだ。わたしも、詳しくは知らないがね」

「ほんと?」

玲子がいった。

「こら、まぜっかえすな。それで、この本を造った連中は、もしかしたら、まとまった数をさばけると見込んだんだろう。それには、真っ白な表紙では格調がない。下手なイラストも、逆効果になる。グレーの表紙なら一応、様になる。こんな本に格調とか様なんてことばは合わないが……。タイトルも『ユートピア』なら、その筋の流通関係仲間にも判りやすい。万一、警官に聞かれても、なんの問題もない。しかし思惑は外れて、まったく話題にならなかった。それで香具師に二束三文で、叩き売った。……が、香具師のほうでは、この表紙じゃ売りようがない。だからカバーを付けた。……と、いうのが、わたしの推論だがね。もうひとつ、付け加えれば、さっきの香具師と同じで、この本の製作者にも、それなりの道徳観念があったのかもしれないな。こんな本でも、昔はみんな隠し読んでいたんだから、父親がうっかり、そこら辺に置き忘れた時、奥さんや子どもに、いかがわしい表紙やタイトルを見られたら困るだろうとね。そこまでは、考えすぎかな」

野沢さんが、長い説明をした。

「で、セロテープは？」

玲子が質問した。

「それは、そんなにこだわる問題でもないだろう。その厚紙のカバーが、香具師が付けた時のもの、そのままかどうかも判らないし、仮に、そのままのものだったとしても説明できると思うよ。たとえば十七、八の青年が、その本を買って読んだとする。それで友人に話をしたら、貸してくれという。箸にも棒にもかからない内容でも、とにかく春本だからね。そのくらいの年齢の男なら、友達が持っているっていったら、好奇心にかられるのは普通だろう。違うかい、馬場君」

「はい。ぼくも中学、高校時代には興味がありました」

「そうだろう。そりゃ、若い人間にも石部金吉みたいな者もいなくはないだろうが、一般論としてね。そこで買った青年は貸してやることにするが、ただでは貸さず、自分を騙した香具師と同じことをするわけさ。それぐらいの茶目っ気がなきゃ、おかしいよ。それを貸した青年の家が、比較的裕福でセロテープを持っていたから、それを使った。あるいは、ずっと隠し持っていた青年が、結婚でもする際に、捨てるのもなんだからと、そのころは安くなったセロテープでカバーをして、古本屋に他の本と一緒に売ったって不思議はないと思うがね」

「カバーなしで買ったのを、これも古書店の主人が、やはり香具師と同じいたずらをしたのかもしれないですね」

　ぼくがいう。

「そうそう、その通り。玲子は、扉のタイトルを見て、中田君のことを思い出し、ほとんど衝動買いをしてきたわけだが、やっぱり、君と一緒に騙された口だろ」

　野沢さんが笑った。

「ああ、そうか。ぼくも玲子さんも、このカバーに騙されてたんだ！　正直に白状しちゃいますが、ふたりとも、カバーを外すまで、どんな絵が出てくるのか、結構、胸を躍らせていたんですよ。で、騙されちゃった」

　ぼくも笑う。

「わたしは、全然、表紙画になんか興味なかったわ。どうせ、そんなことだろうと思ってたの。で、よしたほうがいいっていったんだけど、浩ちゃんが、どうしても見たいっていうからカバー外すことにしたのよ」

　玲子が、にこりともしないでいった。そのことばに、ぼくは一瞬、驚きを隠せなかった。その時、ぼくがどんな顔をしたか、自分では判らないが、冗談とも、本気とも、怒りとも違う、わけの判らない感情が沸き起こった。でも、ともかく、いった。

「そ、そんな。それは、ずるいよ玲ちゃん!!」

と、間髪を入れず、玲子が笑いを押さえきれないという表情をし、早口でことばを吹き出した。

「ぷっ!! そっ。ちょっと、ずるいっていってみたの。浩ちゃん、どんな顔するかと思ってね。ほんとは、わたしのほうが早く、見たいっていったのよ、お父さん」

玲子が、まだ笑い声でいう。

「玲子、おまえ……」

野沢さんも、そこでことばの穂が継げなくなったらしく、眉根にしわを寄せ、目を閉じて首を横にひねった。

「だって、わたし、お父さん似じゃないも〜ん。結構、演技うまいんだから。やっぱり、お母さん似なのかな？　血液型はお父さんと同じO型なんだけど……。どう思う、浩ちゃん？」

「知らないよ、そんなこと。それより、いまの玲ちゃんのことば聞いた瞬間、脳味噌が異次元の世界に、吹っ飛んじゃったかと思ったよ」

ぼくが、ふうっと息を吐いて答えた。

「脳味噌が異次元の世界に、吹っ飛ぶって表現されても、わたし、イメージが湧いてこないなあ。お父さん、判る？」

玲子が野沢さんの顔を見た。

「わたしは、おまえの言動のほうが判らなくなってきた。さっきは、自分の娘ながら、ずいぶん大人になったと思ったが……。なにか、いまの冗談に意味があるのか?」

野沢さんが、困惑した表情で質問した。

「な~んにもないけど、人間の行動や言動に、全部、意味があったっておもしろくないわよ」

「そりゃ、確かにそうだけどね。時と場合ってものがあるだろう。……馬場君、君なら若いからわたしよりは、理解できるだろう。押しつけてすまないが、玲子は君にやるから、煮るなり、焼くなり好きにしてくれ!! まかせる!!」

野沢さんが、きっぱりと、ぼくに向かっていいきった。

「は、はい」

そう答えた時、部屋のほうから奥さんの声がした。

「ずいぶん楽しそうなお話が、続いているようですけど、食事の用意ができましたから、三人ともこっちへきてください」

「ああ、飯か。どうやら危機一髪のところで助かった。さすが母さんだ。さあ、上がってくれ、馬場君」

ふう、と野沢さんが大きな息を吐いていった。

「じゃ、いつものことですが、おじゃまします」

ぼくは丸椅子から腰をあげ、上がり框のほうに一歩進んだ。

「ねえ、浩ちゃん。いま思ったんだけど、今日のわたしや浩ちゃんの体験、小説にならないかしら。なんていうジャンルの小説になるか判らないけど」

玲子がいった。

「うん……」

ぼくが、うなずいた。

「それが返事。もう、つまんないなあ。せっかく、いいアイデア提供してあげてるのに。今日の話だけでは無理っていうんだったら、わたしと浩ちゃんが、初めて出会った時からのこと、みんな小説にしちゃうってのどう?」

「そうだなあ。野沢さんや玲ちゃんと出会ってから、ずいぶん、いろんな体験をしたからね」

ぼくは答えた。

「おい、玲子、馬場君。なにしてるんだい。早く、こっちにきたまえ。ビールがまずくなるぞ」

野沢さんの声がした。

※　※　※

「……と、おおまかにいえば、そんな連作短篇シリーズなんですが」

「ふーん。なるほどね。悪くはなさそうだけど、みんな、どこかで読んだことのある話みたいだな。君は、どう思う？」

「そうですね。各話の出来にばらつきが目立ちますが、少し手を入れれば、一話が四、五十枚ですから、載せてみてもいいんじゃないですか。読者に不評なら途中で終わりにしてくれてもいいと、本人もいってますし。ただ、ぼくとしては載せるなら、やはり最終話まで続けたいと思いますが」

「それは、もちろんだ。よし、じゃ、俺も読んでみよう。この原稿は預かっておくよ。……ところで、君、昼飯は？」

「まだです」

「じゃ、その辺りで一緒に蕎麦でも食わないか。忙しければ、無理に付き合わないでいいから」

「いいえ。ぼくも腹が減ってるんです」

「では、行くか。もう少し、この原稿の作者の話も聞きたいし……」

古本人生

高校一年のとき、下校途中の古書店でなにげなく手にした、日本SF界の祖といわれる押川春浪の「海底軍艦」(明治三十三年)の気宇壮大なストーリイ展開に魅せられ、古典SF書とあれば内容の優劣など関係なく、手あたりしだいに買い集めるようになって、もう十五年になる。一時期ブランクがあったが、それでもまる十年だ。

元来、ものを集める人間にしては、だらしのない性格で、読み終えると蔵書目録もなにも作らず、物置改造の書庫に放りこんでしまうため、自分自身、この十五年間でいったいなん冊ぐらい集まっているのかわからないでいたのだが、先日、ふと思いたって調べてみたところ、雑誌も含めて約四千冊であった。

正味十年間で四千冊、ということは、一年で四百冊。つまり一日に一冊強の割りあいで買い集めてきた計算になる。よく集めたものだ。

十五歳から三十歳という、人生のもっともすばらしい時期を古本集めなどしてなにが楽しいのだ、と多くの友人たちに笑われた、青春時代の記憶が古本の山だけじゃ、歳（とし）をとってから後悔するぞ、と忠告してくれる友人も少なくない。でも、これらは自分の手で、その歴史に新しい一ページを発見する喜びを知らない人間のいうことばだ。かれらが、映画にロックにスポーツカーに寄せる情熱と、ぼくが表紙のちぎれそうになった古典ＳＦ書に寄せる情熱には、なんの異なる点もない。日本最初の月世界のテーマ「政海之破裂」（井口元一郎、明治二十一年）には、高校時代一週間昼食を抜いてためた金を持って古書店に走った記憶が、フランス装の未読本「蛮勇豪語」（押川春浪、大正三年）には、三十九度の熱をおしてデパートの古書即売会に赴き、入手した後三日間寝こんでしまった思い出が、雑誌「探検世界」（明治三十九年）には、はじめて質店に入った記憶が生きている。四千冊の古書の山の中には、まぎれもないぼくの青春の記録が、それも手にとりさえすれば、瞬時にして甦える準備をして息づいている。

現在、名のみ知られていて現物に接していない古典ＳＦ書は約一万冊。一日一冊ずつ入手できたとして、まだ三十年はたっぷり楽しめる。時間的制約で、今後は通信販売等での収集が中心になりそうだが、なんにしても、ぼくの古典ＳＦ書集めは一生続くことになりそうだ。そして、その一冊一冊の本とともにぼくの人生の記録が積み重ねられていく。

（ボナンザ一九七六年十月）
（『ヨコジュンのびっくりハウス』角川文庫 一九八三年）

編者解説

日下三蔵

横田順彌の作品がちくま文庫に入るのは四冊目だが、本書は前の本が出てから二十二年ぶりの新刊となるので、まずは著者の経歴からご紹介していこう。

横田順彌は日本SF第二世代を代表するSF作家のひとりである。一九六〇年代からSFを書き始め、日本にこのジャンルを定着させた先駆者たちを第一世代、七〇年代前半に登場し、SFの可能性を広げた作家たちを第二世代と呼ぶ分類がある。具体的には、星新一、筒井康隆、小松左京、光瀬龍、眉村卓、平井和正、豊田有恒、矢野徹、広瀬正、半村良らが第一世代、田中光二、山田正紀、梶尾真治、横田順彌、かんべむさし、川又千秋、堀晃、荒巻義雄、山尾悠子、鏡明、森下一仁らが第二世代である。

七〇年代後半以降に登場した新井素子、神林長平、夢枕獏、谷甲州、栗本薫、水見稜、岬兄悟、火浦功、野阿梓、大原まり子らが第三世代に当たり、それぞれの作家が独自のスタイルでSFというジャンルの発展に貢献してきた。

横田順彌の場合は「ハチャハチャSF」「古典SF研究」「明治SF」の三つが大きな柱で、派生として「明治文化史研究」を加えることも出来るだろう。著者の自筆年譜を参照しながら、その足跡をたどってみる。

一九四五（昭和二十）年、一家の疎開先の佐賀県に生まれる。小学生の時にSF映画「紀元前百万年」「宇宙征服」、石泉社のジュニア向けSFシリーズ〈少年少女科学小説選集〉に出会い、SFファンとなる。手塚治虫のマンガにも熱中。

中学生の頃は星新一のショートショートを愛読。作品が載っている雑誌から星新一の短篇だけを切り抜いて製本するほどであった。高校生の時に創刊から間もない「SFマガジン」の存在を知り、SF熱が高まる。元々社〈最新科学小説全集〉、早川書房〈ハヤカワ・ファンタジイ〉（後の〈ハヤカワ・SF・シリーズ〉）などを読破。古書店で押川春浪『海底軍艦』を入手して、あまりの面白さに衝撃を受ける。SF同人誌「宇宙塵」にも入会した。

六四年、法政大学法学部法律学科に入学して落語研究会に所属。神保町で古典SFを買い漁る。第二回日本SF大会に参加してSFM同好会に入会。翌年から機関誌

「宇宙気流」にショートショートと短篇を発表し始める。

六九年、SFM同好会の例会「一の日会」で知り合った鏡明、川又千秋らとともに「綜合SF研究誌」と銘打った同人誌「SF倶楽部」を創刊。評論、翻訳、創作、復刻、書誌と多彩な内容で、平井和正、筒井康隆、都筑道夫らの新作や未発表作品を掲載したことでも注目される。

七〇年、平井和正の紹介で「週刊少年チャンピオン」のショートショートコーナー「SFショートミステリー」欄のレギュラー執筆者となる。現在、マンガ週刊誌に小説が載っていることは滅多にないが、七〇年代までは多くの雑誌に読物のページが存在していた。「SFショートミステリー」欄は、平井和正、光瀬龍、今日泊亜蘭、横田順彌、団精二（荒俣宏）の五人がローテーションで登場していたが、横田順彌は執筆陣の中では最多の十七篇を発表している。

七一年、同人誌「サイレントスター」に発表したシリアスな短篇「友よ、明日を……」が「SFマガジン」三月号に転載されて本格的にデビュー。「新人競作」として梶尾真治のデビュー作「美亜へ贈る真珠」と同時に掲載された。また、この号には古典SF研究エッセイ「日本SF英雄群像」も掲載。タイトルの通り、海外のスペースオペラの主人公を名調子で紹介する野田昌宏氏のエッセイ「SF英雄群像」の日本版を意図したもの。

七三年から「SFマガジン」にコラム「日本SFこてん古典」の連載を開始。明治・大正から戦後すぐくらいまでの間に刊行されたSF的要素を持つ作品を「古典SF」と位置付けて紹介するもので、まったく存在が知られていなかった珍作・怪作、あるいは知られていてもSFとは認識されていなかった作品を、膨大な古書の海から拾い上げた名著である。

取り上げた作品の紹介が、しばしば作品そのものよりも面白いほどで、その読みやすさと裏腹な情報量の多さに畏敬の念を感じない読者はいないだろう。この仕事はアンソロジー『日本SF古典集成』（全3巻／ハヤカワ文庫JA）、『戦後初期日本SFベスト集成』（全2巻／徳間ノベルズ）などに結実。八年におよんだ連載は早川書房から全三巻の単行本としてまとめられ、さらに集英社文庫に収められて多くの読者に衝撃を与えた。

まさに筆一本で文学史の一ページを塗り替えてしまった偉業である。そういえば、横田さんがよく言っていた笑い話に、「古典SFを書いてください」という原稿依頼が来た、というものがあった。

一方、小説作品の方は、書いてもなかなか「SFマガジン」に掲載されず、没が続いていたという。転機になったのは「SF倶楽部」終刊号にヤケクソで書いた「小説世界ゴミ戦争」。この号の「あとがき」には「私のデタラメ小説、最後ですから大目に見てやってください。今ではかなり反省しております」とある。

しかし、この作品を改稿・改題した「宇宙ゴミ大戦争」が「ＳＦマガジン」七四年十月増刊号に掲載されると予想外の評判となり、「ああいう面白いものを書いて欲しい」という注文が、各誌から舞い込むようになった。

この時期、「週刊漫画アクション」「ビックリハウス」「絶体絶命」「小説ジュニア」「五年の科学」「映画少年」「バラエティ」と、多様な雑誌に寄稿している。もちろん「ＳＦマガジン」「奇想天外」の二大ＳＦ専門誌から、「問題小説」「オール讀物」「野性時代」「小説現代」「小説宝石」「小説ＣＬＵＢ」といった一般の小説誌にもコンスタントに作品を発表。ＳＦブームで創刊された「ＳＦ宝石」「ＳＦアドベンチャー」にも登場する売れっ子となる。

「奇想天外」に連載したファンタジー『ポエム君とミラクルタウンの仲間たち』シリーズや「ＳＦマガジン」に連載したスペースオペラと仁侠映画を組み合わせた『小惑星帯遊侠伝』のような異色作もあるものの、七〇年代から八〇年代にかけての横田作品は、ダジャレとギャグを多用した「ハチャハチャＳＦ」がメインであった。

『謎の宇宙人ＵＦＯ』（78年6月／早川書房→角川文庫）、『脱線！たいむましん奇譚』（78年12月／講談社→講談社文庫）、『銀河パトロール報告』（79年8月／双葉社→集英社文庫）、『対人カメレオン症』（80年6月／講談社→講談社文庫）、『世にも馬鹿げた物語』

（81年4月／徳間書店→徳間文庫『ヨコジュンの日本おかし話』）、『予期せぬ方程式』（81年5月／双葉ノベルス→双葉ポケット文庫）、『天使の惑星』（82年7月／有楽出版社→新潮文庫）、『む　横田順彌の無比な夢遊の物語』（83年3月／徳間書店→徳間文庫『13の超小説』）、『寒い国へ行きたくないスパイ』（85年7月／徳間文庫）、『悲しきカンガルー』（86年10月／新潮文庫）と、この時期の短篇集は、その大半がハチャハチャＳＦである。

古典ＳＦへの興味から『海底軍艦』の著者・押川春浪とその周辺の人たちへと研究対象を広げた横田順彌は、蒐集した膨大な資料を駆使して「明治ノンフィクション」というジャンルを開拓していく。會津信吾との共著で八七年十二月に刊行した評伝『快男児・押川春浪　日本ＳＦの祖』（パンリサーチ出版局→徳間文庫）は高く評価され、翌年の第九回日本ＳＦ大賞を受賞した。

以後、『明治バンカラ快人伝』（89年3月／光風社出版→ちくま文庫）、『早慶戦の謎　空白の19年』（91年7月／ベースボール・マガジン社）、『熱血児押川春浪　野球害毒論と新渡戸稲造』（91年12月／三一書房）、『〈天狗倶楽部〉快傑伝　元気と正義の男たち』（93年8月／朝日ソノラマ）、『明治不可思議堂』（95年3月／筑摩書房→ちくま文庫）と堰を切ったような勢いで、硬軟取り混ぜた明治ノンフィクションが発表される。

この変化は小説作品にも反映され、押川春浪ら「天狗倶楽部」の面々が活躍する傑作『火星人類の逆襲』（88年5月／新潮文庫）を皮切りに、いくつもの明治ＳＦのシリーズが書かれ、作品数もハチャハチャSFから明治SFへと完全にシフトしていく。

このうち、押川春浪と彼に私淑する若手SF作家の鵜沢龍岳が奇妙な事件に遭遇する一連のシリーズについては、柏書房から〈横田順彌明治小説コレクション〉全三巻として、自転車で世界一周旅行をした実在の冒険家・中村春吉を主人公にした冒険SF〈中村春吉秘境探検記〉シリーズ『幻綺行 完全版』『大聖神』『日露戦争秘話 西郷隆盛を救出せよ』については竹書房文庫から、それぞれ復刊したので、お読みでない方は、ぜひ手に取っていただきたい。面白いですよ。

二〇〇二年から「SFマガジン」に「近代日本奇想小説史」を連載して、自身の『日本SFこてん古典』を大幅に上回る情報を披露していた。その第一部をまとめた大部の一冊『近代日本奇想小説史 明治篇』（11年1月／ピラールプレス）は、第三十二回日本SF大賞特別賞、第二十四回大衆文学研究賞大衆文学部門、第六十五回日本推理作家協会賞評論その他部門を、それぞれ受賞。第二部「大正・昭和篇」の連載も二〇一八年までで三十四回に及んでいた。

一九年一月、心不全のため自宅で亡くなっているのが発見され、愛読者は悲しみに包まれた。だが、没後も雑誌の追悼特集や追悼展が開かれ、こうして作品は刊行され続けている。作家は肉体が滅んでも、作品が読まれ続ける限り、世の中から消えることはない。

本書に収めた作品の初出は、以下の通り。

あやめ日記　「文芸ポスト」7号　00年冬号（1月）
総長の伝記　「文芸ポスト」8号　00年春号（4月）
挟まれた写真　「文芸ポスト」9号　00年夏号（7月）
サングラスの男　「文芸ポスト」10号　00年秋号（10月）
おふくろの味　「文芸ポスト」11号　01年冬号（1月）
老登山家の蔵書　「文芸ポスト」12号　01年春号（4月）
消えた「霧隠才蔵」　「文芸ポスト」13号　01年夏号（7月）
ふたつの不運　「文芸ポスト」14号　01年秋号（10月）
大逆転!!　「文芸ポスト」15号　02年冬号（1月）

小学館の季刊小説誌「文芸ポスト」に連載されたもので、本になるのは今回が初めてである。こう書くと、不出来だから本にならなかったのでは？　と思う方がいるかもしれないが、とんでもない。得意の古本をテーマにした連作であり、実在の古書を登場させながら、SF、ミステリ、ホラー、ファンタジーとバラエティ豊かな味付けが楽しめる傑作である。

小学館はあまり小説を出さない版元だから、せっかく文芸誌を出したのに取りこぼしが生じたものだろう。山田正紀の長篇ミステリ『ハムレットの密室』や、皆川博子の歴史小説『碧玉紀（エメラルド）』など、「文芸ポスト」に連載されて本になっていない作品は、いくつもある。

横田順彌の古本小説というと、九七年三月にジャストシステムから刊行されて二〇〇〇年三月にちくま文庫に入った連作『古書狩り』が思い浮かぶが、前作が特定の主人公のいないテーマ連作だったのに対して、本書は作家志望のフリーライター・馬場浩一青年が、全話に登場する。学芸大学の古書店・野沢書店を訪れた馬場くんが、古書にまつわる不思議な話を聞く、というスタイルの連作になっているのだ。

古書店や古書業界の用語や習慣がさり気なく散りばめられている点、ストーリーに合わせていかにもありそうな古書が登場する点などは『古書狩り』と変わらない。ただ、本書では、先ほども述べた通り、架空の古書に混じって、しばしば実在の古書もしれっと登場しているので油断が出来ない。

いずれにしても、SFと古本に人生のすべてを捧げた著者の、職人芸ともいうべき一冊が、この『平成古書奇談』なのである。

横田さんの没後、横田さんの創った日本古典SF研究会の現会長でシャーロック・ホームズの研究家としても知られる作家の北原尚彦さん、西荻窪の古書店・盛林堂書房の店主で出版も手がけている小野純一さんのお二人が、残された膨大な蔵書の整理に当たった。

私は最後に雑誌の整理のお手伝いに呼ばれ、横田さんの掲載作品が単行本に収録されているかどうかのチェックを担当することになった。その際に「文芸ポスト」の山が出てきて、そうか、「平成古書奇談」シリーズは本になっていなかったか、と改めて気付いた次第。

小野さんは「うちで出してもいいですよ」と言ってくれたが、『古書狩り』の文庫版を出したちくま文庫に話を持ちかけたところ、企画が通り、本書の刊行が実現した。「部数の多い文庫で出るなら、作品のためにも作者のためにも、その方がいいでしょう」と理解を示してくれた小野さんには、感謝の気持ちでいっぱいである。

横田さんには、まだ本になっていない連載、連作がいくつかあるが、本書は確認できた限りでは、そのうちのもっとも新しい作品である。つまり、著者最後の連作ということになる。この本が、SFや、古本や、面白い話・奇妙な話を愛する読者に幅広く読まれ、横田順彌という作家が生き続ける一助になれば、こんなにうれしいことはない。

本書はちくま文庫のためのオリジナル編集です。
「平成古書奇談」の初出につきましては、編者解説を参照ください。

ちくま文庫

平成古書奇談

二〇二二年七月十日　第一刷発行

著　者　横田順彌（よこた・じゅんや）

編　者　日下三蔵（くさか・さんぞう）

発行者　喜入冬子

発行所　株式会社　筑摩書房

東京都台東区蔵前二―五―三　〒一一一―八七五五

電話番号　〇三―五六八七―二六〇一（代表）

装幀者　安野光雅

印刷所　明和印刷株式会社

製本所　株式会社積信堂

ISBN978-4-480-43823-2 C0193